W0371001

ANGELA TRONI

Kater Flo und das Weihnachtswunder

rütten & loening

ANGELA TRONI

Kater Flo und das Weihnachtswunder

rütten & loening

FSC
www.fsc.org
MIX
Papier aus verantwortungsvollen Quellen
FSC® C083411

ISBN 978-3-352-00870-2

Rütten & Loening ist eine Marke der Aufbau Verlag GmbH & Co. KG

1. Auflage 2013
© Aufbau Verlag GmbH & Co. KG, Berlin 2013
Einbandgestaltung Mediabureau Di Stefano, Berlin
Gesetzt aus der Baskerville und Alana MF
durch Greiner & Reichel, Köln
Druck und Binden CPI – Clausen & Bosse, Leck
Printed in Germany

www.aufbau-verlag.de

1.

Kater Flo steckte die Nase in den Pulverschnee und atmete aus. Die Eiskristalle stoben auseinander, umhüllten sein Gesicht mit einer dichten weißen Wolke. Er nieste und putzte sich mit schnellen Pfotenstößen die Reste von den Barthaaren. Dann beugte er sich wieder herunter, um an dem Loch zu schnuppern, das er mit der Schnauze in die Schneedecke gebohrt hatte. Flo begann zu scharren, bis er Gras unter den Pfoten spürte und der steinharte Boden seinen Enthusiasmus bremste. Hektisch schüttelte er erst die rechte und dann die linke Vorderpfote, um den Schnee loszuwerden, der sich zwischen seinen Ballen klumpte. Er hasste nasse Tatzen. Nach drei Versuchen gab er auf, schließlich hatte er Wichtigeres zu tun.

Geschäftig senkte der schwarzweiße Kater den Kopf, sog tief die Winterluft ein. Keine Frage, hier roch es eindeutig nach einer Maus. Er lief um das Loch herum, um es von der anderen Seite zu betrachten und erneut daran zu schnuppern. Dann setzte er sich auf, spitzte die Ohren und hieb mit der Tatze hier und da in den Schnee. Seine weiße Schwanzspitze zitterte vor Anspannung. Plötzlich nahm er ein Stück links von sich ein Geräusch unter der Schneedecke wahr und sprang mit einem Satz und ausgestreckten Tatzen auf die Stelle zu. Er landete weich, nichts als zarte weiße Flocken in den Pfoten. So ein Mist! Mäusefang im Winter war einfach nichts für ihn. Nicht nur, dass er wieder mal zwei Wimpernschläge zu langsam gewesen war, wie so oft in letzter Zeit, auch seine Knochen fingen wieder an zu schmerzen. Vor allem in den Hinterläufen verspürte er ein unangenehmes Ziehen, sobald er eine falsche Bewegung machte.

Mit seinen mittlerweile zwölf Jahren war Flo nun mal nicht mehr der Jüngste, was sich bei der Futtersuche in freier Wildbahn immer häufiger bemerkbar machte. Er hörte und sah nicht mehr so gut wie früher, und auch seine Reaktionsfähigkeit hatte nachgelassen. Nur auf seine Nase war noch Verlass, als wäre er im besten Katzenalter. Wäre er ein Wildtier, wären seine Tage sicher bald gezählt. Doch Flo war ein Hauskater, ein Freigänger genau genommen, der sich in seinem angestammten Revier bestens auskannte und ganz genau wusste, wo Beute zu machen war.

Auf Mäusejagd ging er inzwischen nur noch zum Vergnügen und nicht, weil er Futter brauchte – ein Luxus, den er durchaus zu schätzen wusste. Gnädig ließ er zu, dass Heike, mit der er sein überdachtes Revier bereitwillig teilte, tagtäglich seinen Napf füllte, was noch vor einem knappen Jahr eine Beleidigung für seine Fangzähne gewesen war. Aber auch Kater Flo wurde mit zunehmendem Alter bequemer und weiser. Wieso sollte er sich bei Minustemperaturen auf die Lauer legen und abmühen, wenn es auch ohne Aufwand ging? Na ja, mit vergleichsweise geringem – so ein Augenaufschlag wollte schon geübt sein. Dosenfutter verschmähte er nach wie vor, aber Heike war ein cleveres Mädchen und hatte auf Anhieb kapiert, was seinen verwöhnten Gaumen erfreute: Hühnchen in allen Variationen und Seelachs mit Weizenkleie, seine erklärte Leibspeise.

Falls es ihm bei ihr doch mal nicht schmeckte, was so gut wie nie vorkam, wusste Flo genau, bei wem in der Nachbarschaft etwas zu holen war. Am liebsten wurde er bei der jungen Mutter am Ende der Straße vorstellig, bei der ein Blick aus seinen grünen Augen genügte, um sie zu einer Dose Thunfisch greifen zu lassen. Er war ganz stolz, wie gut er die Frau dressiert hatte, sie war wirklich sehr talentiert. Aber auch der neue Nachbar Herr Scheuermann aus dem dritten Stock links zauberte auf höflich-unmissverständliche Nachfrage stets einen leckeren Happen für den Kater aus dem Küchenschrank. Flos Magen war also dank lernbegabter Zweibeiner stets gut gefüllt, und wenn es ihm draußen zu ungemütlich wurde, wartete wahlweise der Kaminsims oder sein giftgrünes, kuschelweiches Katzenkissen auf ihn.

Die Ergotherapeutin Heike war ohnehin das Beste, was ihm im vergangenen Jahr passiert war. Na gut, vielleicht das Zweitbeste – nach Shamila. Mit der Katzendame aus dem dritten Stock, die in Herrn Scheuermann einen wirklich passablen Futteranreicher, Schubberbalken und Leckstein aufgetrieben hatte, war er seit ihrem Einzug im Juli dieses Jahres schon ein paarmal durch die angrenzenden Gärten gestreift. Shamila hatte es ihm irgendwie angetan. Betagt, wie er war, konnte Flo vielleicht auf mehrere Meter Entfernung keine Insekten mehr erkennen, aber blind für attraktive Artgenossinnen war er deshalb noch lange nicht. Zwar gab sich die fünfjährige Birmakatze zumeist recht distanziert, doch der Kater war davon überzeugt, dass sie ihn ebenfalls mochte. Jedenfalls nahm sie die Mäuse und andere kleine Aufmerksamkeiten, die er ihr ab und an von seinen Streifzügen mitbrachte, stets gnädig an. Ihre tiefblauen Augen strahlten dann jedes Mal ganz besonders und brachten ihr schwarzes Gesicht zum Leuchten. Shamila hatte alle für Birmakatzen typischen Abzeichen. Kontrastreich hoben sich die dunklen Ohren, Beine und der fast schwarze Schwanz von dem eierschalenfarbenen Fell ab, das auf dem Rücken, wo die Haare länger und dichter waren, goldbeige schimmerte.

Shamila um die Tatze zu wickeln würde Flo sicher noch die eine oder andere freundliche Gabe kosten. Heikes Zuneigung dagegen konnte er sich sicher sein. Die Ergotherapeutin hatte ihn vom ersten Moment an ins Herz geschlossen und ihm Asyl gewährt, als er letzten Dezember nach einem Kampf gegen einen Maine-Coone-Kater mit blutendem Ohr und völlig zerbissen vor ihrer Terrassentür gesessen hatte. Oder vielmehr vor seiner. Er wohnte hier nämlich schon viel länger als Heike, und zwar genau seit sechs Jahren.

Ursprünglich war er mit Katrin und Olaf hier eingezogen, aber die beiden hatten sich im letzten Jahr wiederholt so heftige Revier- und Rangkämpfe geliefert, dass sie irgendwann getrennte Wege gegangen waren. Wenn die Rangordnung auf Dauer so heftig umstritten war wie bei ihnen, war dies der einzig sinnvolle Schritt, das wusste Flo aus eigener Erfahrung mit diversen Rivalen und hieß die Entscheidung daher gut. Trotzdem hatte er damals ganz schön leiden müssen.

Katrin hatte ihn in ihrer winzigen Wohnung eingesperrt und ihn obendrein genötigt, eine Katzentoilette zu benutzen. Absolut nicht katzengerecht war diese Behausung gewesen, sogar die Krallen hatte er am Sofa schärfen müssen, weil er nicht mehr nach draußen gedurft hatte. Wirklich unglaublich! Aber dann hatte Olaf den schwarzweißen Kater befreit und mit zu sich genommen, von wo er ausgebüxt und zurück in sein altes Zuhause gelaufen war. Flo hatte seinen beiden Dosenöffnern gezeigt, was eine Harke ist, und die Tatsache, dass er mit der Gesamtsituation äußerst unzufrieden war, damit deutlich zum Ausdruck gebracht. Wo kam er denn hin, wenn er sich von diesen unsensiblen Zweibeinern einfach alles gefallen ließ? Eine echt Europäisch Kurzhaar war durchaus in der Lage, eigene Entscheidungen zu treffen. Kater Flo wollte immer noch selbst bestimmen, wo und mit wem er wohnte, da ließ er sich nicht reinreden.

Glücklicherweise hatte Katrin, deren Talent als Katzenversteherin sich in Grenzen hielt, ein Einsehen gehabt und ihn freigegeben. Das rechnete Flo ihr wirklich hoch an. Die Tatsache, dass er bei Heike und damit in seinem alten Zuhause hatte bleiben dürfen, hatte ihn für die damals erlittenen Strapazen mehr als entschädigt. Die Ergotherapeutin war ein absoluter Katzenmensch, der Tiere respektierte und ihnen niemals seinen Willen aufzwang.

Darüber hinaus war noch etwas absolut Großartiges passiert: Flos Lieblingsmensch Olaf war ihm erhalten geblieben, was weniger einem glücklichen Zufall als vielmehr seinem eigenen Zutun zu verdanken war. Der Kater hatte nämlich die Tatzen im Spiel gehabt, als Olaf und Heike dank seiner uneigennützigen Hilfe zusammengefunden hatten, und war alles in allem sehr zufrieden mit sich und seiner Wahl. Seither war seine Katzenwelt wieder in bester Ordnung.

Na ja, fast, denn die freche Maus wollte sich partout nicht von ihm fangen lassen. Flo startete einen letzten Versuch, duckte sich und legte sich auf die Lauer. Da, nur wenige Zentimeter vor ihm knisterte es erneut unter der weißen Decke. Mit allen vieren sprang der Kater in die Luft, doch als er landete, hatte er erneut nichts als Schnee in den Pfoten. Igitt, es reichte!

Beleidigt trat er den Rückzug an und beschloss, dass es höchste Zeit für ein Nickerchen war.

»Weg mit euch! Weg, weg, weg!«

Der neunjährige Tim schlug den Kopf auf die Tischplatte. Immer wieder. So lange, bis er erschöpft in sich zusammensank, eine Wange auf dem aufgeschlagenen Matheheft. Seine Augen füllten sich mit Tränen, die auf die Rechenaufgabe tropften. Die Tinte verlief, bis nur noch ein wässriger blauer Fleck zu sehen war.

»VerziehT … euch … endlich.« Seine Worte waren kaum mehr als ein Flüstern.

Tim saß in der Wohnküche am Esstisch, wo er viel lieber Hausaufgaben machte als oben in seinem Zimmer. Die Eckbank mit den bunten Sitzkissen war so gemütlich, dass er sie jederzeit dem ergonomischen Schreibtischstuhl vorzog, den seine Eltern ihm extra gekauft hatten, damit er sich besser konzentrieren konnte.

»Der Stuhl und der höhenverstellbare Tisch kosten uns eine Stange Geld«, hatte sein Vater ihm noch im Möbelhaus einen Vortrag gehalten. »Aber für dich und deine Gesundheit ist uns natürlich nichts zu teuer«, hatte er hinzugefügt und Tim viel zu fest auf die Schulter geklopft.

Der nickte nur, während seine Mutter ihm wie einem Kleinkind über den Kopf streichelte, was ihn schier wahnsinnig machte. Er mochte es nicht, wenn man ihn anfasste.

Sein Vater war noch nicht fertig. »Dafür erwarten wir von dir aber, dass du dich besserst. Ist das klar?«

Sie standen gerade in der Kassenschlange, und Tim sah sich peinlich berührt um, ob die anderen Wartenden etwas von ihrem Gespräch mitbekamen. Das war wieder mal typisch Papa – immer alles mit Forderungen verbinden. Trotzdem nahm der Junge sich nicht zum ersten Mal vor, seine Eltern nicht mehr zu enttäuschen. Der gute Wille war da … Wenn es nur nicht so schwer wäre, sich auch daran zu halten.

Eigentlich hatte er seiner Mutter versprochen, fleißig

und ohne Zwischenfälle Hausaufgaben zu machen. Da es seit Stunden schneite, musste sie auf dem Gehweg vor dem Haus Schnee schippen. Sie hatte ihn gefragt, ob sie ihn alleine lassen könne, und Tim hatte genickt. Er hatte ihr den Gefallen von ganzem Herzen tun wollen, denn er hatte seine Mama sehr lieb, daher hatte er es auch ernsthaft versucht. Aber es klappte nicht – wieder einmal.

In Mathematik nahmen sie gerade Längen und Maße durch, und das Umrechnen der verschiedenen Einheiten bereitete ihm keinerlei Probleme. Mit Leichtigkeit hatte er daher die ersten beiden Aufgaben gelöst, bei der er Meter in Zentimeter sowie Kilo in Gramm und Milligramm umrechnen musste. Manchmal arbeitete sein Kopf so schnell, dass die rechte Hand mit dem Schreiben nicht hinterherkam. Dementsprechend sah sein Heft aus, und nicht selten gab ihm sein Klassenlehrer in der Probe eine halbe Note schlechter, weil er so unleserlich schrieb. Das machte ihn jedes Mal fuchsteufelswild, schließlich stand die richtige Lösung auf dem Blatt. Was konnte er schon dafür, dass seine Hand so langsam war?

Aber Herr Schröder verstand ihn sowieso nicht, genau wie sein Vater und die meisten Erwachsenen, bis auf Heike, seine Ergotherapeutin. Die war nett. Die anderen waren immer nur streng mit ihm und versuchten, ihn in einen Käfig aus Regeln zu zwängen. Dabei merkten sie nicht, dass sie damit alles nur noch schlimmer machten, weil er bloß noch damit beschäftigt war, sich zu befreien, um endlich wieder atmen zu können. Dazu musste er einfach manchmal ausrasten, um sich Linderung zu verschaffen. Statt nachzufragen, was seine Wutanfälle auslöste, und ihm zu helfen, bestraften die Großen ihn jedoch und dachten sich nur noch mehr neue Regeln aus. Ein echter Teufelskreis …

Wütend war er auch jetzt. So wütend, dass es in ihm drin richtig doll wehtat. Diese blöde Textaufgabe, die er sich ganz bis zum Schluss aufgehoben hatte, wollte einfach keinen Sinn ergeben. Die Zahlen, die darin vorkamen, ließen sich nicht zu einer Rechenaufgabe zusammenfügen. Je mehr Tim es versuchte, desto größer wurde das Durcheinander in seinem Kopf. Auch das unangenehme Ziehen in seiner Brust verschlimmerte sich. Er hatte schon die Fingernägel so tief es nur ging in die Handflächen gebohrt, aber es hatte nichts geholfen. Erst nachdem sein Kopf ein paar Mal mit voller Wucht auf die Holzplatte des Esstischs geprallt war, hatte der stechende Schmerz hinter seiner Stirn den in seiner Brust abgemildert.

Der Viertklässler richtete sich auf, wischte sich über die Augen und hörte zu, wie draußen vor seinem Fenster die Schneeschaufel über die Gehwegplatten kratzte. Über die Buchsbaumhecke hinweg erspähte er die fellbesetzte Kapuze des Daunenmantels seiner Mutter, die sich gleichmäßig hob und senkte. Er beobachtete sie eine Weile, bis sie vor seinen Augen verschwamm, dann nahm er einen neuen Anlauf und wandte sich wieder dem Mathebuch zu.

»Lea und ihre beiden Freundinnen wollen für ihre Ponys Äpfel kaufen. Bei dem Händler, der einmal pro

Woche im Stall vorbeikommt, kosten fünf Kilogramm acht Euro«, las er sich die Textaufgabe noch einmal laut vor. »Lea kauft zehn, ihre Freundin Marie fünfzehn und die kleine Sophie zwanzig Kilo Äpfel. Wie viel muss jede von den dreien bezahlen?«

Tim dachte so angestrengt nach, dass er gar nicht merkte, wie er sich die Lippe blutig biss. Die Aufgabe musste doch zu lösen sein. Erstens war er nicht dumm, und zweitens hätte Herr Schröder sie ihnen sonst nicht aufgegeben. Aber er konnte sich die vielen Details nicht merken. Spätestens beim dritten Satz war er verwirrt. Die Zahlen schwirrten wie wild geworden durch seinen Kopf.

»Weg mit euch!«, brüllte er und hämmerte sich mit den Fäusten gegen die Schläfen. »Haut ab!«

Im nächsten Moment flog seine rechte Hand nur so übers Papier, wobei es ihm nicht immer gelang, sich an die vorgegebenen Kästchen zu halten, so schnell wollte er alles festhalten. Anstatt erst nachzudenken und dann loszuschreiben, musste er jeden einzelnen Gedanken sofort notieren, aus Angst, ihn wieder zu vergessen. Das Rechnen bereitete dem Jungen keine Probleme, aber sobald er Text in Zahlen umsetzen musste, herrschten in seinem Kopf nur noch Chaos und dichter Nebel.

Immer schneller kritzelte er Zahlenreihen in sein Heft, um nur eine Sekunde später alles durchzustreichen. Spontan schrieb er andere Zahlen hin, war sich jedoch nicht sicher und nahm den Tintenkiller, um sie wieder verschwinden zu lassen. Wenn er das Durcheinander hinter seiner Stirn doch nur auch so leicht wegradieren könnte! Sofort verspürte er wieder das Ziehen in der Brust. Nein, so klappte es nicht. Er musste erst ausrechnen, was ein Kilo Äpfel kostete und dann … Obwohl, nein, hatten sie im Unterricht nicht … Mist, es fiel ihm nicht mehr ein.

»Wo bleibst du denn nur, Mama?«

Ganz kleinlaut klang seine Stimme, in der die wachsende Verzweiflung deutlich zu hören war.

Wieso war seine Mutter nicht hier und half ihm? Warum musste sie ausgerechnet jetzt Schnee schippen? Sie war schuld, dass es nicht klappte, sie hatte ihn allein gelassen. Tims unbändige Wut richtete sich gegen seine Mutter. Mit einem Satz sprang er von der Eckbank und stürmte ins Wohnzimmer. Er musste etwas kaputt machen, damit es besser wurde. Ohne nachzudenken, griff er nach der Vase mit den Barbarazweigen auf dem Couchtisch und schleuderte sie gegen die Wand über dem Sofa. Keuchend stand er da und starrte entsetzt auf die Scherben und das Wasser, das die Raufasertapete herunterlief, als der unerträgliche Druck in ihm nachließ. Endlich!

Just in dem Moment kam seine Mutter herein, die Wangen von der Kälte gerötet. Mit einem Lächeln im Gesicht fuhr sie sich mit zwei Fingern durch die kurzen, dunklen Haare und versuchte sie zu glätten. Als sie ihren Sohn völlig außer Atem und sichtlich verwirrt mitten im Zimmer stehen sah, weiteten sich ihre Augen vor Schreck.

»Timmy, was ist denn passiert?«, sagte sie.

Rasch zog sie ihren Daunenmantel aus und legte ihn über den Fernsehsessel ihres Mannes. Da fiel ihr Blick auf die nasse Wand.

»Himmel, was hast du denn nun schon wieder angestellt? Kann man dich denn nicht mal eine Minute aus den Augen lassen? Du wolltest doch Hausaufgaben machen.«

»Hab ich ja«, entgegnete Tim matt, ohne sich vom Fleck zu rühren.

Mit gesenktem Kopf stand er da, während Trotz und Scham in seinem Innern miteinander rangen. Einerseits tat es ihm schrecklich leid, dass ihn der Zorn wieder mal übermannt hatte. Andererseits war er unendlich wütend. Seine Unterlippe bebte, als er mit aller Kraft gegen die aufsteigenden Tränen ankämpfte.

Seine Mutter bückte sich, um die Scherben aufzulesen, dann nahm sie den abgeknickten Zweig, an dem bereits die ersten Knospen zu sehen waren, vorsichtig in die Hand. »Jetzt ist er hin.«

Tim verharrte die ganze Zeit über reglos und ließ das Gezeter, zu dem seine Mama ansetzte, wie in Trance über sich ergehen. Nun war sie wieder wütend auf ihn. Dabei hatte er ihr zeigen wollen, dass er es auch alleine hinbekam. Er hatte sich so viel Mühe gegeben, doch wieder einmal hatte er versagt.

Plötzlich durchzuckte ihn derselbe heftige Schmerz wie zuvor, der ihn jedes Mal so wütend und hilflos machte. Er ließ seine Mutter mitten im Satz stehen und stürmte nach oben in sein Zimmer.

Nachdem er die Tür mit einem Knall zugedonnert

hatte, der sicher noch drei Häuser weiter zu hören war, drehte er den Schlüssel im Schloss und warf sich aufs Bett. Durch das gekippte Fenster, das auch im Winter immer offen sein musste, weil er sonst Angst hatte zu ersticken, drangen helle Stimmen und Kinderlachen. Es waren die Nachbarskinder, die im Schnee umhertollten. Nur zu gerne wäre er jetzt draußen bei ihnen gewesen, aber sie würden ihn sowieso nicht mitspielen lassen. Die anderen Kinder mochten ihn nicht. Manchmal glaubte Tim, dass sie sich vor ihm und seinen Wutausbrüchen fürchteten, aber dann wieder war er sich ganz sicher: Sie waren einfach nur gemein. Vor allem Nico, der älteste Junge in der Straße, der ständig alle herumkommandierte.

So einsam wie heute hatte Tim sich schon lange nicht mehr gefühlt. Er drehte sich auf den Bauch und zog sich das Kissen über den Kopf, um die Außenwelt auszublenden.

Endlich ließ das Ziehen nach.

2.

Wie schnell doch die Zeit vergeht, dachte Heike. Schon wieder ist ein ganzes Jahr rum.

Es war Freitag am späten Nachmittag, sie saß mit einer Tasse heißem Kirschsaft in der Hängematte im Behandlungsraum ihrer Ergotherapiepraxis, auf dem Schoß ein Stapel Karteikarten. Das altmodische System zog sie jedem Computerprogramm vor, da sie die Karten jederzeit mit einem Griff parat hatte, ohne erst den Laptop einschalten zu müssen. Außerdem hielt sie manche Details über ihre jungen Patienten per Skizze oder mit einem selbst entworfenen System aus Strichmännchen fest, was ihr mit dem Bleistift leichter von der Hand ging als mit den diversen Tools irgendwelcher Paint-Programme.

Die Ergotherapeutin ließ den Blick durch den Raum schweifen, in dem sie sich vom ersten Tag an wohlgefühlt hatte. Sie hatte sich in dem Haus mit den überwiegend netten Nachbarn, von dem dauerschlecht gelaunten Herrn Scheuermann aus dem dritten Stock links mal abgesehen, so schnell eingelebt wie selten. Das lag aber nicht nur an der schönen Wohnung mit angegliederter Praxis und dem Garten, den sie sich immer schon gewünscht hatte. Auch ihren vierbeinigen Mitbewohner, der sich quasi selbst bei ihr einquartiert hatte, hatte sie von Anfang an ins Herz geschlossen. Ausgestreckt wie ein pelzbesetzter Zugluftstopper, lag der schwarzweiße Kater auf dem Stuhl neben der Sprossenwand auf seinem Kissen, den Kopf auf den Vorderpfoten, und schlief wie ein Murmeltier. Wenn sie ganz still war, konnte sie ihn leise schnarchen hören.

Ihre Augen wanderten über die Sprossenwand, die etwa auf Kniehöhe eine dicke Schramme aufwies, und die Turnmatte, über der sie gerade hin und her schaukelte. Sie hatte beides gebraucht gekauft, als sie im letzten November hier eingezogen war und die Praxis neu eröffnet hatte. Auf dem Boden lagen noch die Knautschbälle von der letzten Therapiestunde. Heike hatte mit der fünfjährigen Eva-Maria gearbeitet, einem echten Wildfang, dessen alleinerziehende Mutter völlig überfordert war. Zum Glück hatte die Krankenkasse letzte Woche erst ein neues Rezept bewilligt, womit gewährleistet war, dass die Kleine sich vor allem körperlich weiterentwickelte. Das war auch dringend nötig. Eva-Maria war ein cleveres, aufgewecktes Mädchen, aber sowohl ihre grob- als auch die feinmotorische Geschicklichkeit waren noch nicht altersgemäß, und vor allem wenn es darum ging, Augen und Hände richtig zu koordinieren, hatte sie unübersehbar Schwierigkeiten. Das hieß, ohne dauerhafte ergotherapeutische Hilfe würde sie die Einschulungsuntersuchung im nächsten Frühjahr unter keinen Umständen schaffen.

Heike seufzte und widmete sich wieder den Karteikarten. Sie musste dringend ein paar Patientenakten ergänzen und neu anlegen. Wie jedes Jahr herrschte kurz vor Weihnachten besonders viel Betrieb, weshalb alles, was nicht unmittelbar erledigt werden musste, erst mal liegen blieb. Die Arbeit türmte sich, und die Ergotherapeutin kam während der Praxiszeiten beim besten Willen nicht dazu, auch die Organisation und Schreibarbeiten zu erledigen. Von den Weihnachtsvorbereitungen ganz zu schweigen. Dabei waren die Wochen vor Heiligabend für Heike mit die schönsten im Jahr. Sie mochte die ganz besondere Stimmung, die hell erleuchteten Fenster, den Duft nach Plätzchen und Tannennadeln, und schmückte ihr Zuhause Jahr für Jahr mit großer Hingabe.

Zwar hatte sie neulich nach Feierabend die Kisten mit dem Dekomaterial aus dem Keller geholt, aber weiter war sie noch nicht gekommen. In zwei Tagen war bereits der erste Advent, und sie hatte noch nicht mal einen Kranz gekauft. Ende übernächster Woche kam Olaf schon aus Lyon zurück, bis dahin wollte sie auf jeden Fall mit allem fertig sein und auch sein Geschenk besorgt haben. Dabei hatte sie noch nicht mal eine konkrete Idee.

Sie erwog kurz, die für den morgigen Samstag geplante Winterwanderung mit ihrer Freundin abzusagen, doch dann verwarf sie den Gedanken wieder. Julia und sie sahen sich ohnehin so selten, außerdem war es derzeit herrlich draußen: strahlend blauer Himmel bei Eiseskälte, Sonne und dazu jede Menge Schnee.

Das musste man einfach ausnutzen. Davon abgesehen brauchte sie wie jeder Mensch ausreichend Erholungsphasen, sonst stand sie dieses hohe Pensum auf die Dauer nicht durch.

Nachdem sie der Hängematte neuen Schwung versetzt hatte, machte sie sich an die Arbeit. Es vergingen keine zehn Minuten, da wurde sie schon wieder unterbrochen. Das Telefon klingelte, und der Kater stellte die Ohren auf. Kurz überlegte Heike, das Läuten einfach zu ignorieren, damit sie nicht noch mal von vorne anfangen musste, aber dann erhob sie sich doch und ging zu dem Milchglasschreibtisch hinüber.

»Ergotherapiepraxis Heike Keppler, guten Tag. Was kann ich für Sie tun?«, meldete sie sich gut gelaunt wie immer.

»Ein Glück, dass ich Sie noch erreiche, Frau Keppler. Hier ist Ulrike Gerlath«, meldete sich die Mutter eines Patienten. »Jakob hat sich den Arm gebrochen und kann am Montag nicht zur Therapie kommen.«

»Oje, wie ist das denn passiert?«

»Beim Schlittschuhlaufen. Die Kinder waren heute nach der Schule auf der Eisbahn. Jakob ist mit einer Klassenkameradin zusammengestoßen und unglücklich gestürzt. Wir kommen gerade vom Arzt zurück … mit einem schönen blauen Gipsverband.« Frau Gerlath holte tief Luft und fügte leicht genervt hinzu: »Es ist auch noch ausgerechnet der rechte Arm.«

Heike ließ sich auf den Schreibtischstuhl sinken und blätterte den Kalender auf die neue Woche um, damit sie den Termin stornieren konnte. »Na, es sind ja bald

Ferien, da verpasst Jakob in der Schule nicht allzu viel. Wünschen Sie ihm bitte gute Besserung von mir.«

»Vielen Dank, Frau Keppler«, erwiderte die Mutter des Jungen. »Ich melde mich dann im neuen Jahr wieder bei Ihnen, sobald wir wissen, wann der Gips entfernt wird. Damit keine zu lange Therapiepause entsteht.«

»Keine Sorge, das bekommen wir schon hin Und super, dass Sie gleich angerufen haben, da kann ich für Montag noch schnell Ersatz suchen«, bedankte sie sich.

Frau Gerlath versicherte ihr mehrfach, die ausgefallene Stunde zu bezahlen, sollte es ihr nicht gelingen, den Termin anderweitig zu vergeben. Dann wünschten die beiden Frauen sich noch schöne Weihnachten und einen guten Rutsch.

Das Telefon noch in der Hand, suchte Heike die Warteliste heraus und rief die ersten drei Familien an, die daraufstanden. Da sie niemanden erreichte, hinterließ sie bei jedem eine Nachricht. Wer sich als Erstes zurückmeldete, bekam den freien Platz am Montagnachmittag. Es wäre doch gelacht, wenn die Stunde keinen Abnehmer fände, dachte sie und erklomm erneut die Hängematte.

Die Praxis lief erfreulich gut, Heike hatte sich dank ihrer alten Chefin schon nach kurzer Zeit einen kleinen Patientenstamm aufgebaut, außerdem profitierte sie von den Empfehlungen der Eltern ihrer Schützlinge, die ihre Ausdauer und Geduld im Umgang mit den nicht immer leichten Kindern und Jugendlichen zu schätzen wussten. Inzwischen hatte sie schon bei einigen angeblich aussichtslosen Fällen beachtliche Erfolge erzielen können, woraufhin sie sich nur noch engagierter in die Arbeit stürzte. Sie war mit Liebe und voller Enthusiasmus dabei, immer darum bemüht, für jeden Patienten die richtige Erfolgsmethode zu finden, auch wenn es mal ein bisschen länger dauerte und allen anderen längst der Atem ausging. So wie bei dem neunjährigen Tim, ihrem »ganz speziellen Fall«, wie sie ihn immer nannte. Heikes unerschütterlicher Optimismus und ihr Glaube an das Gute im Menschen, und zwar in jedem, hatten sicher keinen unerheblichen Anteil an ihrem Erfolg.

Mit ihrem Privatleben war die engagierte Ergotherapeutin ebenfalls rundherum zufrieden. Mit Olaf hatte sie einen Mann getroffen, der ihr jederzeit den nötigen Freiraum ließ und sie einfach so nahm, wie sie war. Heike war sehr glücklich mit der Fernbeziehung, die sie beide führten, und freute sich schon riesig auf die dreieinhalb gemeinsamen Wochen, die vor ihnen lagen. Olaf, der seit März als Kommissar in der französischen Zentrale von Interpol arbeitete, kam unterm Jahr alle vier Wochen für viereinhalb Tage nach Hause. Die Ergotherapeutin nahm dann jeweils montags und freitags frei, damit sie das verlängerte Wochenende zu zweit genießen konnten. Dafür arbeitete sie oft länger, wenn Olaf nicht da war, und wusste es zu schätzen, dass niemand ihr reinredete.

Seine kleine Wohnung in der deutschen Kleinstadt hatte Olaf nach einem halben Jahr aufgelöst und seine paar Habseligkeiten bei Heike untergestellt. Obwohl er die meiste Zeit über fünfhundert Kilometer weit weg lebte, fühlte sie sich ihm so nah wie noch nie einem Menschen zuvor. Sie skypten viel, meist abends vor dem Schlafengehen, und Heike freute sich oft schon den ganzen Tag über auf das damit verbundene Ritual. Mit Flo auf dem Schoß machte sie es sich im Bett gemütlich, ein Glas Rotwein oder Saft sowie ein Stück Vollmilchschokolade auf dem Nachttisch, und wählte die Nummer in Frankreich.

Nur noch zwei Stunden, dann höre ich ihn wieder, dachte Heike und erhob sich mit Schwung aus der Hängematte. Prompt fielen ihr die Karteikarten herunter, und sie kroch über die Matte und den Teppichboden, um sie aufzusammeln. Bei der Gelegenheit räumte sie auch gleich die Knautschbälle in die durchsichtige Plastikkiste mit der Aufschrift »Material Sensomotorik« und schob die Kiste zurück in das offene Holzregal neben ihrem Schreibtisch.

»So, das war's für heute. Zeit fürs Abendessen, Monsieur Flo.«

Als hätte der Kater ihre Worte verstanden, reckte er sich und streckte die Hinterläufe aus, ehe er sich erhob. Langsam und leicht wackelig setzte er sich in Bewegung, und je näher er seinem Futternapf kam, desto sicherer wurde sein Gang. Grinsend sah Heike zu, wie Flo vor ihr die Treppe zur Wohnung erklomm und kurz darauf mit aufgerichteter Schwanzspitze durch die angelehnte Küchentür schlüpfte. Als sie eintrat, saß er bereits vor seiner Futterschüssel und maunzte sie auffordernd an.

»Na, wieder mal kurz vorm Verhungern?«, fragte sie amüsiert. Dann füllte sie Flos Napf und wärmte für sich selbst den Rest Linseneintopf vom Vortag auf.

Seit gut fünf Minuten stand Cornelia Gärtner vor der Tür zum Zimmer ihres Sohnes und rüttelte an der Klinke.

»Nun komm schon, Timmy. Mach auf!«

Sie presste ein Ohr gegen das weiß lackierte Buchenholz und lauschte angestrengt. Von drinnen war kein Ton zu hören. Herrje, dachte sie, wenn Tim sich nicht beruhigt hat, bis Werner eintrifft, hängt der Haussegen wieder schief. Nervös sah sie auf die elegante Armbanduhr, ein viel zu teures Geschenk ihres Mannes zum letzten Hochzeitstag. Ihr blieben knapp zwanzig Minuten, dann kam Werner von der Bank nach Hause, obendrein erwarteten sie heute Gäste zum Abendessen.

Die Scherben im Wohnzimmer hatte sie längst zusammengekehrt, der Wasserfleck an der Wand war zum Glück getrocknet, ohne Spuren zu hinterlassen, und auch der Barbarazweig steckte in einer neuen Vase. Sie hoffte, dass die verbliebenen Knospen die Attacke unbeschadet überstanden hatten und an Heiligabend ihre Pracht entfalten würden.

Es wäre eine Katastrophe, wenn die beiden wieder anfangen zu streiten und Tim wie letzte Woche davonstürmt, schoss es ihr durch den Kopf, während sie noch einmal klopfte, diesmal mit mehr Nachdruck. Sie hatten den Jungen neulich drei Stunden lang gesucht, bis sie ihn beim Nachbarn im Baumhaus entdeckt hatten, bei Temperaturen um die null Grad und nur mit einem dünnen Pullover bekleidet. Das muss ich um jeden Preis verhindern, was sollen denn unsere Gäste denken? Das Essen mit dem Vorsitzenden des Gemeindeausschusses und dem Vizebürgermeister samt Gattinnen war immens wichtig für Werner, daher musste alles perfekt sein.

Als Leiter der Abteilung für Geschäftskundenkredite war ihr Mann in der Kleinstadt bestens vernetzt und nahm in Begleitung seiner Gattin zahlreiche öffentliche Termine wahr. Nicht selten hatten sie auch zu Hause Gäste, die Cornelia Gärtner stets selbst aufwendig bewirtete. Sie mochte weder das eine noch das andere besonders, doch ihr Mann erwartete von ihr, dass sie die Rolle der perfekten Gastgeberin einnahm, also tat sie es.

Wenn sich die Situation mit Tim nicht bald besserte, müssten sie allerdings künftig auf derartige Einladungen verzichten, die Gefahr einer Blamage war einfach zu groß. Cornelia Gärtner war stets darum bemüht, nach außen das Bild von ihrer heilen Kleinfamilie aufrechtzuerhalten. Nicht auszudenken, wenn jemand mitbekam, wie es tatsächlich um sie stand. Ihre Ehe hing seit längerem an einem seidenen Faden, dennoch kam eine Scheidung weder für sie noch für Werner in Frage, und der neunjährige Tim war mitunter kaum noch im Zaum zu halten.

Hauptsache, der Junge beruhigt sich wieder und macht heute Abend vor den Leuten keine Szene. Sie seufzte laut, als ein Poltern hinter der Tür sie aus ihren Gedanken riss.

»Timmy, mein Junge, ich habe dir einen Kakao gekocht«, versuchte sie ihn zu locken. »Beeil dich, sonst wird er kalt.« Ihre Stimme nahm einen flehenden Unterton an, als sie hinzufügte: »Du kannst rauskommen, es ist alles wieder gut.«

»Ich will nicht«, ertönte die Stimme ihres Sohnes.

»Bitte. Du musst …«

Ein trotziges »Nein!« war die Antwort. Wobei, es klang eher verzweifelt als bockig.

Nachdem Cornelia Gärtner noch ein paarmal an der Türklinke gerüttelt hatte, gab sie auf und ging wieder nach unten.

Mit Tims Supermanntasse setzte sie sich auf die Eckbank in der Küche und betrachtete entsetzt die verschmierte Seite im Matheheft ihres Sohnes. Sie rieb sich über die Augen und stützte den Kopf in die Hände. Ein paar Minuten lang saß sie reglos da, dann griff sie nach der Tasse. Auf der Milch hatte sich eine Haut gebildet, die sie mit einem Teelöffel herausfischte, ehe sie einen Schluck trank. Sie verzog das Gesicht, der Kakao war für ihren Geschmack viel zu süß und zudem nur noch lauwarm.

Sie ging hinüber ins Wohnzimmer, wo auch der große Esstisch stand, den sie bereits am frühen Nachmittag festlich eingedeckt hatte. Mit einem gezielten Griff zupfte sie noch einmal die mit silbernen Sternen und Schneeflocken verzierte Decke unter der Vase auf dem Couchtisch zurecht und ließ den Blick zufrieden durch den Raum gleiten. So, jetzt war wieder alles schön.

Zum Glück war von dem Malheur, das Tim angerichtet hatte, nichts mehr zu sehen. Sie hatte sich so viel Mühe gegeben und sich mit der weihnachtlichen Dekoration mal wieder selbst übertroffen. Von künstlichem Adventsschmuck hielt Cornelia Gärtner gar nichts, bei ihr kamen stets frische Blumen und echte Zweige zum Einsatz. Sie hatte ein Händchen fürs Dekorieren und Einrichten, am liebsten hätte sie halbtags als Innenarchitektin gearbeitet, doch sie und Werner hatten sich darauf geeinigt, dass sie zu Hause blieb, bis Tim fünfzehn war.

Wenn der Junge doch nur nicht so aufsässig und schwierig wäre. Mit der Erziehung des hyperaktiven, aggressiven Neunjährigen war sie seit längerem schon komplett überfordert, deshalb hatten Werner und sie auch Anfang des Jahres den Kinderarzt eingeschaltet. Der hatte ADHS diagnostiziert und Ritalin verabreicht, woraufhin sich die Situation umgehend entspannt hatte. Leider nur kurz, denn Tim vertrug das Medikament nicht und litt unter Schwindel sowie heftigen Magenkrämpfen. Daraufhin hatten sie das Medikament wieder abgesetzt und sich nach Alternativen umgehört. Aufgrund einer Empfehlung waren sie nach mehreren Fehlversuchen bei Frau Keppler gelandet, die nun schon seit etwas über drei Monaten mit Tim arbeitete – leider ohne dass auch im Alltag eine deutliche Besserung eingetreten war. Zwar hatte die Ergotherapeutin ihnen erklärt, dass es eine Weile dauere, bis sie ein Vertrauensverhältnis zu Tim aufgebaut habe, und hatte sie auch um Geduld gebeten. Aber Werner drängte auf eine baldige Lösung des Problems, und Cornelia Gärtner schwand mit jeder Woche der Mut.

Ehe sie sich erneut in Grübeleien hineinsteigern konnte, hörte sie, wie ihr Mann zur Haustür hereinkam, und ging in den Flur, um ihn mit einem Kuss auf die Wange zu begrüßen.

In letzter Zeit wirkte er sehr angespannt und war zunehmend gereizt, was sich nicht gerade positiv auf die Grundstimmung im Hause Gärtner auswirkte.

»Was ist das für ein Lärm?«, fragte Werner und blickte die Treppe in das obere Stockwerk hinauf, von wo ohrenbetäubender Hiphop zu hören war.

»Ach«, winkte sie ab und versuchte die Angelegenheit herunterzuspielen, »Tim hat eine neue Lieblingsband. Deren Songs muss man wohl etwas lauter hören.« Ihr Lächeln wirkte gequält.

»Wo kommen wir denn da hin?« Schon hatte ihr Mann, noch im Mantel, die ersten Stufen erklommen.

»Lass ihn doch. Meist stellt er die Anlage nach zwei, drei Liedern wieder leise«, unternahm Cornelia Gärtner einen weiteren Beschwichtigungsversuch – vergeblich.

Sie wandte sich ab und eilte in die Küche, um nach dem Roastbeef für die Gäste zu sehen. Sie konnte und wollte sich den Streit zwischen Vater und Sohn nicht mit anhören.

Eine Viertelstunde später, sie war gerade dabei, die

Beilagensalate zu garnieren, stürmte ihr Mann mit hochrotem Kopf in die Küche.

»Dieser Bengel«, wetterte er. »Bis nächsten Sonntag hat er Hausarrest, und das Abendessen für heute ist auch gestrichen. Wehe, er lässt sich nachher hier unten blicken.«

»Aber Werner, der Junge muss doch etwas essen …« Cornelia Gärtner legte ihrem Mann beschwichtigend eine Hand auf den Arm. »Ich werde ihm ein Brot schmieren und es ihm raufbringen.«

»Nichts wirst du! Wer nicht hören will, der muss eben hungrig ins Bett gehen. Außerdem hast du jetzt Wichtigeres zu tun. In einer halben Stunde kommen die Gäste. Hast du den Champagner schon kaltgestellt?«

»Natürlich!«

Sie schüttelte nur den Kopf, denn sie wusste genau, dass jetzt jede Diskussion zwecklos war, und ging ins Schlafzimmer, um sich rasch umzuziehen und etwas Make-up aufzutragen. Von dem Concealer, den sie sich kürzlich erst zugelegt hatte, würde sie heute etwas mehr brauchen. Schließlich sollte niemand die dunklen Ringe unter ihren Augen sehen, die in letzter Zeit einfach nicht mehr verschwinden wollten.

Werners autoritärem Erziehungsstil konnte sie beim besten Willen nichts abgewinnen. Diese völlig antiquierten Methoden brachten ihrer Meinung nach gar nichts, aber sie konnte sich leider nur selten gegen ihren Mann durchsetzen. Sie war davon überzeugt, dass sein Druck bei Tim nichts als Gegendruck erzeugte und daher kontraproduktiv war. Allerdings hatte sie es mindestens ebenso oft im Guten versucht und war kläglich gescheitert. An den Jungen kam einfach niemand ran – bis auf Heike Keppler, der es zumindest ansatzweise gelang. Sie nahm sich vor, die sympathische Ergotherapeutin beim nächsten Termin noch einmal um Rat zu bitten.

Im Unterkleid sank die besorgte Mutter auf die Bettkante und kämpfte gegen das Schluchzen an, das ihr die Kehle zuschnürte. Am liebsten hätte sie jetzt eine Migräne vorgeschützt und sich hier oben verschanzt. Doch noch ehe sie den Gedanken zu Ende gedacht hatte, ertönte die Stimme ihres Mannes von unten.

»Schatz, kommst du bitte? Die Körbers biegen gerade in die Einfahrt ein.«

Cornelia Gärtner erschrak, schlüpfte in das bereitliegende Etuikleid und schminkte sich in Windeseile. Vor dem Spiegel an der Kleiderschranktür zupfte sie sich ein paar Fransen in die Stirn, ehe sie sich selbst einen aufmunternden Blick zuwarf und tief durchatmete. Dann öffnete sie die Tür.

»Die Show kann beginnen«, murmelte sie und ging schweren Herzens nach unten.

Als sie an Tims Zimmer vorbeikam, lauschte sie angestrengt, doch es drang kein Laut mehr heraus.

3.

Verzweifelt saß Tim auf dem Stuhl vor dem Zimmer des Direktors. Seine Fingernägel waren so stark abgeknabbert, dass es blutete, trotzdem konnte er nicht aufhören, die Haut am Nagelbett mit den Zähnen zu bearbeiten. Seit einer Viertelstunde wartete er nun schon hier, und ihm war klar: Diesmal würde es nicht bloß eine harmlose Verwarnung geben, mit Sicherheit war ein Verweis fällig. Das bedeutete, dass die Schulleitung wieder mal seine Eltern informierte, und dann war zu Hause der Teufel los.

Schließlich hatte er vor vier Monaten erst einen blauen Brief bekommen, weil er im Unterricht ausgerastet war und seinen Klassenlehrer angebrüllt hatte. Herr Schröder hatte Tim in der Deutschstunde nach vorne gerufen, wo er am Whiteboard vor der ganzen Klasse in einem Text bei den Hauptwörtern die Fälle bestimmen und das entsprechende Fragewort darüberschreiben sollte. Vor lauter Aufregung hatte er die Dative mit den Genitiven verwechselt, woraufhin ihn einige Klassenkameraden ausgelacht hatten. Anstatt sie zurechtzuweisen, hatte der Lehrer ebenfalls einen Witz gemacht, wodurch Tim sich ungerecht behandelt gefühlt hatte. Er war so wütend geworden, dass er den Lehrer vor allen anderen lautstark beschimpft hatte und aus dem Klassenzimmer gerannt war. Damals hatte er sich zum ersten Mal statt eines Eintrags ins Klassenbuch eine härtere Strafe eingehandelt. Und jetzt war sein Temperament schon wieder mit ihm durchgegangen.

Mist, er hatte das alles gar nicht gewollt! Warum war es nur so weit gekommen? Wieso musste ihn dieser Vollpfosten von Sven auch so dumm anmachen? Selbst schuld, der Typ. Wenn ihn jemand provozierte, war es mit seiner Beherrschung nun mal vorbei.

Sven war schon beim Direktor gewesen und hatte seine Version der Ereignisse erzählt. Bestimmt hatte er gelogen, dass sich die Balken bogen, und Tim rechnete fest damit, dass die anderen Kinder, die den Streit hautnah miterlebt hatten, wieder mal zu Sven hielten und seine Story bestätigten. Das wäre nicht zum ersten Mal so. Tim war ein Einzelgänger, daher hatte er niemanden, der in brenzligen Situationen den Kopf für ihn hinhielt oder für ihn schwindelte.

Den Neunjährigen plagte das schlechte Gewissen. Am liebsten würde er die Sache ungeschehen machen, und wenn er dafür auf das BMX-Fahrrad verzichten musste, das er sich zu Weihnachten wünschte. Vermutlich war das Rad nun sowieso gestrichen.

Die Tür neben seinem Stuhl ging auf, und die Sekretärin streckte den Kopf heraus. »Es dauert noch ein paar Minuten, Doktor Möllmann ist noch am Telefon. Ich rufe dich rein, sobald er aufgelegt hat«, sagte sie und schloss die Tür leise wieder.

Damit war Tim wieder alleine mit seinen Gedanken. Das Ziehen in seiner Brust wurde stärker, der dumpfe Schmerz war inzwischen so stark, dass er es kaum noch aushielt. Er sprang auf und ging den Flur auf und ab, einmal, zweimal, bis er im Laufschritt an den verschlossenen Türen vorbeirannte. Just als er auf die doppelflügelige Glastür zustürmte, die in die Eingangshalle der Schule führte, sah er seinen Vater auf sich zukommen. Bitte nicht!, flehte er stumm und blieb abrupt stehen. Wieso haben die denn gleich Papa angerufen? Wieso reden die nicht erst mal mit mir? Am liebsten wäre er im Erdboden versunken, doch das Linoleum unter ihm wollte sich partout nicht auftun.

»Tim!« Aus dem Mund seines Vaters klang sein Name wie eine Ohrfeige. »Was hast du dir bloß dabei ged…«

Weiter kam er nicht, denn die Tür zum Vorzimmer des Direktors ging erneut auf, und die Sekretärin sagte: »Tim, du kannst jetzt reinkommen.«

Noch ehe der Junge ja sagen konnte, ergriff sein Vater das Wort. »Ich bin sofort hergekommen, nachdem Doktor Möllmann mich informiert hat«, sagte er und stellte sich kurz vor. »Wir haben kein Interesse daran, die Sache an die große Glocke zu hängen. Ich wäre Ihnen daher sehr verbunden, wenn Sie die Angelegenheit diskret behandeln könnten.«

»Am besten, das besprechen Sie direkt mit unserem Direktor«, erwiderte die Sekretärin freundlich und geleitete Vater und Sohn in das Büro ihres Chefs.

Umgeben von Regalen voller Bücher saß Herr Dr.

Möllmann an einem dunklen Holztisch in der Mitte des Raumes und erhob sich, als die beiden eintraten.

»Guten Tag, Herr Doktor, Ich werde selbstverständlich für den Schaden aufkommen«, begann Tims Vater sofort auf den Schulleiter einzureden und ließ sich erst einbremsen, als dieser die rechte Hand hob.

»Tim, du weißt, dass ich Handgreiflichkeiten an meiner Schule nicht dulden kann«, wandte der Rektor sich dann an den Jungen, der ihn ehrfürchtig ansah. »Das muss und wird Konsequenzen für dich haben. Trotzdem möchte ich, dass du mir zuerst aus deiner Sicht erzählst, was da vorhin in der großen Pause passiert ist. Und zwar in allen Einzelheiten, ja?«

Der Junge nickte. Er mochte Herrn Möllmann, der zwar streng, aber jederzeit fair war. Wenn Papa mir auch mal so zuhören würde, dachte er, statt mir immer gleich Strafmaßnahmen aufzubrummen.

»Mein Sohn …«, setzte sein Vater an, doch der Direktor brachte ihn mit einem Blick zum Schweigen.

»Bitte, Tim«, sagte er und lehnte sich in seinem Bürostuhl zurück.

»Also, das war so«, begann der Neunjährige und erzählte dann, wie Sven ihn vor allen anderen einen Angsthasen genannt hatte, weil er sich geweigert hatte, die Fahrradreifen von Frau Kunze mit Reißzwecken zu spicken. Die Musik- und Kunstlehrerin war unter den Schülern alles andere als beliebt und hatte nach Meinung von Sven und seiner Gang einen Denkzettel verdient. Um nicht selbst bestraft zu werden, sollte der Streich auffliegen, suchte die Bande sich jeweils ein

Opfer, das den Plan in die Tat umsetzen musste. Diesmal war die Wahl auf Tim gefallen, der sich jedoch geweigert hatte.

Sven, der einmal sitzengeblieben und damit nicht nur ein Jahr älter, sondern auch einen guten Kopf größer und entsprechend kräftiger war als alle anderen Jungen in der Klasse, gab in der 4c das Kommando an. Er war ein echter Rabauke und wusste seine körperliche Überlegenheit einzusetzen, um die anderen Kinder einzuschüchtern. Während ihn die Mädchen überwiegend blöd fanden und ihm aus dem Weg gingen, hatte er unter den Jungs eine ganze Reihe Anhänger und Bewunderer, die nach seiner Pfeife tanzten. Tim war schon häufiger mit ihm aneinandergeraten, weil er mit seiner Meinung nicht hinterm Berg hielt und die Konfrontation suchte, statt dem Kontrahenten aus dem Weg zu gehen.

Jedenfalls hatte Sven ihn in der Pause beim Fahrradständer vor allen anderen nicht nur einen »erbärmlichen Hosenscheißer« genannt, sondern ihm auch einen so heftigen Stoß versetzt, dass er gestolpert und hingefallen war. Das konnte er sich unmöglich bieten lassen, zumal ihn alle Umstehenden auslachten. Sie hatten sich erst geschubst, dann waren die Fäuste geflogen, und am Ende war nicht nur das Fahrrad von Frau Kunze völlig demoliert, weil sie es beim Raufen umgeworfen hatten, sondern auch Sven. Tim hatte in seiner Wut fester zugeschlagen als beabsichtigt und seinem Kontrahenten das Nasenbein gebrochen. Das Blut war nur so gespritzt, und natürlich waren zwei Mitglieder aus der Gang sofort losgelaufen, um die Pausenaufsicht zu holen. Sven hatte das arme Opfer gespielt und behauptet, Tim hätte ihn ohne Grund angegriffen, und seine Lakaien hatten die Version des Anführers natürlich bestätigt.

»Er hat angefangen, das müssen Sie mir glauben«, schloss Tim seinen Bericht. »Ich habe mich bloß verteidigt.«

Rektor Möllmann, der ihm aufmerksam zugehört hatte, sagte nur: »Du weißt, dass ich keine Schlägereien dulden kann, egal wie sie entstehen. Ihr habt im Unterricht gelernt, Konflikte gewaltfrei zu lösen, und alle versprochen, euch daran zu halten. Tut mir leid, aber dein Verhalten muss Konsequenzen haben.« Er schüttelte fast schon bedauernd den Kopf. »Gleiches gilt natürlich für Sven.«

»Könnten wir das nicht direkt mit der Familie des anderen Jungen regeln, ohne es an die große Glocke zu hängen?«, wiederholte sein Vater, was er zuvor schon zu der Sekretärin gesagt hatte.

Der Direktor schüttelte den Kopf. »Leider nein. In solchen Fällen gibt es nun mal Regeln, die eingehalten werden müssen. Ich werde morgen Nachmittag in der Lehrerkonferenz mit dem Kollegium über den Fall beraten. Bis dahin seid ihr beide vom Unterricht suspendiert.«

Tim schluckte schwer bei seinen Worten.

»Ich wäre Ihnen wirklich sehr verbunden …«, startete sein Vater einen neuen zaghaften Versuch.

Verwundert musterte Tim ihn von der Seite. Normalerweise war sein alter Herr nicht so zurückhaltend, wenn er etwas erreichen wollte.

»Ich bedauere, es geht wirklich nicht«, sagte Herr Möllmann mit einem Schulterzucken. »So, und nun entschuldigen Sie mich bitte, ich habe gleich einen Termin mit dem Vorsitzenden des Gemeinderats. Der Herr wartet sicher schon.«

Damit erhob er sich und geleitete die beiden zur Tür hinaus.

Wie ferngesteuert lief der Neunjährige neben seinem Vater zum Wagen. Von der Schimpftirade, die auf der Fahrt nach Hause auf ihn einprasselte, drang nicht ein einziges Wort bis zu ihm durch. Statt sich wie sonst zur Wehr zu setzen oder laut zu werden, schaltete er diesmal einfach ab.

Mensch, Papa, warum schreist du mich immer bloß an, statt mir zu helfen?, dachte er. Ich brauch doch jemanden, der zu mir hält.

Mit einem Hechtsprung stürzte sich Kater Flo auf den Stachelball, der nicht bei Heike, sondern am anderen Ende des Behandlungsraumes gelandet war, und biss in die Gummistacheln, so fest er konnte. Flo war voll und ganz in seinem Element und bemühte sich nach Kräften, zum Behandlungserfolg der vierjährigen Emma beizutragen. Das Mädchen kam seit einem Dreivierteljahr zweimal die Woche zur sensorischen Integrationstherapie vorbei.

Natürlich hatte er als Katze nicht die leiseste Ahnung, was das bedeutete, dennoch war er von dem

Therapieansatz überzeugt. Etwas, das so viel Spaß machte, konnte nur gut sein. Für ihn. Seinetwegen auch für die Entwicklung und Förderung von Menschenkindern, da war er großzügig. Dass es nicht im Sinne des Erfinders war, wenn er an Stelle des jeweiligen Patienten die Bälle fing, störte ihn nicht weiter. Emma offenbar auch nicht, denn sie kicherte jedes Mal begeistert los und streckte die Hände nach ihm aus, sobald er ins Geschehen eingriff.

Heike schien da geringfügig anderer Meinung zu sein. »Gib mir den Ball«, forderte sie den Kater freundlich wie immer auf, wobei sie ihm über den Rücken strich. Dann streckte sie auffordernd die Hand aus. »Wir brauchen ihn noch kurz. Danach kannst du ihn zurückhaben.«

Flo fand ihr Angebot sehr nett, nur leider war »danach« gleichbedeutend mit langweilig. Bälle lagen eine Etage höher in der Wohnung zur Genüge herum, mit denen hätte er den ganzen Tag spielen können. Spannend wurde die Sache nun mal erst, wenn er die bunten Dinger jemandem abjagen musste. Überhaupt wurde hier unten in der Praxis deutlich mehr Programm geboten als oben im Wohnzimmer.

Jetzt im Winter blieb Flo lieber drinnen, statt sich draußen kalte, im schlimmsten Fall sogar nasse Pfoten zu holen. Natürlich ging er nach wie vor täglich auf Erkundungsgang und schritt kurz sein Revier ab, um nach dem Rechten zu sehen, aber das war mit Gelenkschmerzen auch kein rechtes Vergnügen. Daher zog er von November bis März den Kaminsims sämtlichen unüberdachten Schlafplätzen im Freien vor. Er wusste die Annehmlichkeiten im Zusammenleben mit Menschen sehr wohl zu schätzen und zu nutzen. Wie jede Katze gab er sich keineswegs mit nur einem Schlafplatz zufrieden und brauchte eine gewisse Auswahl, auf die er je nach Lust und Laune zurückgreifen konnte. Im Sommer mochte er es gern kühl und schattig, da lag er am liebsten auf den Fliesen auf der Terrasse oder im Waschbecken im Badezimmer, in das er so perfekt hineinpasste, als wäre es nur für ihn gemacht. In den kälteren Monaten bevorzugte er dagegen die wohltemperierte Fensterbank über der Heizung, den Stapel mit Olafs frisch gewaschenen T-Shirts im Kleiderschrank oder den Kamin.

In diesem Winter hatte er seinem erklärten Lieblingsplatz im Wohnzimmer allerdings abgeschworen und seinen Beobachtungsposten eine Etage tiefer in die Ergotherapiepraxis verlegt. Seit ein paar Wochen war das giftgrüne Kuschelkissen auf dem Stuhl gleich neben der Sprossenwand sein bevorzugter Aufenthaltsort. Heike hatte es extra für ihn gekauft und sogar einen Stuhl aus dem Wartezimmer geborgt, nachdem der Kater sie immer häufiger in die Praxis begleitet hatte. Sie wollte nicht, dass er sich im Behandlungsraum einfach auf den Boden legte. Flo verstand zwar nicht, warum, aber der Schlafplatz mit Aussicht war 1 a, und so hatte er den Platz vom ersten Tag an akzeptiert.

Lange hielt es ihn allerdings selten auf dem Kissen, dafür passierten während der Therapiestunden viel zu spannende Dinge. Am liebsten mochte er es, wenn eines der Kinder mit den Füßen ein Stöckchen vom Boden aufklauben, Ringe auf einen Stab fädeln oder aus einer Kiste die bunten Plastikdinger herausfischen musste, die ganz gemein zuschnappen konnten, wenn man nicht aufpasste. Im Sommer nahm Heike die Kiste manchmal auch mit und machte mit den Dingern ihre Wäsche draußen an der Leine fest. Wenn der Wind dann hindurchfuhr, konnte man super damit Fangen spielen – sofern einen keiner erwischte.

In der Kiste mochte der Kater die Plastikdinger aber lieber, denn dann raschelten sie jedes Mal so verlockend, und er beobachtete aufmerksam, wie Heikes Patienten sich anstellten. Manchmal durfte er mitüben, dann angelte er mit den Vorderpfoten geschickt nach den Plastikfischen und hatte dadurch schon so manchen unmotivierten Patienten zu unerwarteten Höchstleistungen angeregt. Nicht umsonst nannte Heike ihn den »heimlichen Chef« der Praxis, was ihn mit Stolz erfüllte.

Von den verschiedenen Ballspielen war er ebenfalls schwer begeistert, zumal er da oft mitkicken durfte. Er hatte beachtliches Talent und brachte stets vollen Körpereinsatz. War Flo mit Feuereifer dabei, spürte er weder Gelenkschmerzen, noch merkte man ihm sein Alter an. Kaum packte ihn die Spielfreude, sprang er umher wie ein Jungtier und ließ sich von Heike nur ungern bremsen.

Wenn die Ergotherapeutin einen ihrer Patienten mit einer Feder, einer Bürste oder gar dem schmalen Pinsel mit den langen, weichen Borsten am ganzen Körper abstrich, konnte Flo ebenfalls kaum mehr an sich halten. Am liebsten hätte er mit dem Pinsel Fangen gespielt und versucht, ihn mit den Tatzen zu fassen zu bekommen, aber das durfte er nicht. So nett Heike immer zu ihm war, wenn sie etwas nicht wollte, konnte sie ihm das sehr deutlich vermitteln. Da sie für ihn mehr als nur eine geduldete Mitbewohnerin und Dosenöffnerin war, legte er das ungeschriebene Gesetz, dass Katzen sich von niemandem etwas sagen lassen, schon gar nicht von einem Zweibeiner, zu ihren Gunsten sehr großzügig aus und fügte sich.

»Flo! Den Ball bitte!«

Huah, diesen energischen Unterton in Heikes Stimme konnte der Kater gar nicht leiden. Da er der Aufforderung unmöglich sofort Folge leisten konnte – das wäre gegen seine Katzenehre gegangen –, kickte er den Ball noch einmal kreuz und quer durch den Raum, bevor er ihn ins Maul nahm und gnädig vor der kleinen Emma ablegte.

»Danke, lieber Kater Flo«, sagte das Mädchen und tätschelte ihm ein bisschen unbeholfen den Kopf.

Zwar schätzte er es nicht sonderlich, wenn ihm jemand aufs Hirn trommelte oder ihn sogar am Schwanz zupfte, was bei Emma schon mal vorkommen konnte, aber bei ihr machte er eine Ausnahme. Sie war nun mal ein bisschen ungeschickt und konnte ihre Gliedmaßen nicht annähernd so geschmeidig bewegen wie er. Deshalb musste sie vermutlich auch all die lustigen Übungen absolvieren, an denen er so großen Spaß hatte. Mit dieser Win-win-Situation konnte Kater Flo allerdings gut leben, also hielt er tapfer still. Was tat man nicht alles für den Therapieerfolg …

Viel, und trotzdem gab es Grenzen. Zwanzig Minuten später war eine solche erreicht. Emma war mit ihrer Mutter gerade durch die Tür verschwunden, und Flo hatte es sich auf seinem Kissen gemütlich gemacht, um eine Mütze Schlaf nachzuholen. Plötzlich hörte er laute Stimmen und ein Gepolter, bei dem sämtliche Alarmglocken in ihm schrillten. Der Kater spitzte die Ohren und hob den Kopf. Oje, das war Tim.

Wie hatte er nur vergessen können, dass der Junge dienstags immer nach Emma kam? Mit einem Satz landete er auf dem Boden, huschte durch den Flur und schlüpfte durch die Katzenklappe. Er versteckte sich unter dem Treppenabsatz, bis Heike die Tür hinter dem kleinen Brüllaffen und seiner Mutter geschlossen hatte. Der Kater mochte den ungestümen Neunjährigen nicht. Sobald etwas nicht nach seinem Kopf ging, bekam der Typ Wutausbrüche und schrie das ganze Haus zusammen. Das machte Flos Trommelfell nicht mehr mit, daher suchte er regelmäßig das Weite, sobald der Junge im Anmarsch war.

Zielstrebig machte Flo sich auf den Weg in den dritten Stock, wo Shamila mit ihrem Dosenöffner Herr Scheuermann das Revier von der alten Frau Burgmüller bezogen hatte. Anfangs hatte der Kater es sehr bedauert, dass die alte Dame nun bei ihrer Tochter wohnte, da sie ihm bei jedem Besuch einen Würfel Käse zugesteckt hatte – die ungesunden Happen waren nun mal die besten. Doch zum Glück hatte er in Herrn Scheuermann respektablen Ersatz gefunden. Der Pensionär hatte zwar manchmal schlechte Laune, aber die ließ er nie an Tieren aus, sondern ausschließlich an anderen Zweibeinern. Manchmal traf es auch Heike, was Flo nicht so gut fand, aber er selbst konnte nichts Schlechtes über den Mann sagen. Egal wann er an der Tür kratzte oder auch nur davorsaß und maute, er war stets willkommen und bekam einen Leckerbissen vorgesetzt. Dass er dabei Shamila unauffällig einen Besuch abstatten konnte, war als positiver Nebeneffekt selbstverständlich auch nicht zu verachten. Die Birmakatzendame ließ inzwischen sogar zu, dass Flo sich neben ihr auf der Schmusedecke ausbreitete, wenn sie auf dem Sofa lag und Herrn Scheuermann beim Musikhören Gesellschaft leistete.

Meist ging es jedoch weniger beschaulich zu, denn Shamila liebte ebenso wie Flo Kartons in allen Größen und Formen. Zur großen Freude der beiden hortete Herr Scheuermann eine respektable Sammlung in seiner Abstellkammer, mit der sich allerhand Unfug treiben ließ. Am liebsten mochte der Kater die schmalen, rechteckigen Röhren, denen man geradezu perfekt auflauern und sich dann mit Anlauf hindurchkatapultieren konnte. Je nachdem, wie eng sie waren, flutschte er nicht immer ganz hindurch, sondern blieb auch schon mal auf halber Höhe stecken. Wenn er nur heftig genug strampelte, konnte er sich zumeist aus eigener Kraft befreien, auch wenn dabei der eine oder andere Karton sein Leben lassen musste. Schaffte er es nicht, war Herr Scheuermann so nett, ihn aus seiner Papphülle herauszuschälen, und besorgte obendrein umgehend Ersatz. Er schien einen unerschöpflichen Röhrenvorrat zu beherbergen, wofür Flo ihn ernsthaft bewunderte.

Heute war ihm allerdings nicht nach Röhrentauchen zumute. Die Gelenke schmerzten, und die Treppenstufen in den dritten Stock wollten sich nicht ganz so leicht bezwingen lassen wie sonst, daher erklomm er den letzten Absatz ziemlich langsam. Ein alter Kater war nun mal kein ICE.

4.

Der Hefeteig war wie erhofft aufgegangen, und Cornelia Gärtner walkte ihn noch einmal kräftig durch, ehe sie die in Rum getränkten Rosinen, die gehackten Mandeln sowie Zitronat und Orangeat unterknetete. Nun musste er erneut dreißig Minuten in der mit einem Handtuch abgedeckten Schüssel gehen, ehe sie daraus die Stollen formen konnte, die auf dem eingefetteten Backblech noch mal zwanzig Minuten ruhen sollten, bevor sie ins Rohr kamen.

Wie jedes Jahr hörte sie beim Backen ihre Lieblings-Weihnachts-CD mit den Christmas-Classics, die sie fast alle auswendig mitsingen konnte. Diesmal jedoch war ihr ganz und gar nicht zum Singen zumute, rechte Vorfreude auf Weihnachten wollte auch nicht aufkommen, und selbst das Backen machte ihr nicht so viel Spaß wie sonst. Die Stimmung im Hause Gärtner war nach wie vor getrübt oder vielmehr angespannt, von Besinnlichkeit und Harmonie keine Spur.

Vielleicht würde sich die Lage morgen Nachmittag entspannen, da wollten sie mit Tim zwei Orte weiter in den Weihnachtsbaumwald fahren, um gemeinsam eine Tanne auszusuchen und sie selbst zu schlagen. Bisher hatten sie ihren Baum immer beim Händler um die

Ecke gekauft, doch Werner war vor zwei Tagen mit der Idee nach Hause gekommen, nachdem ein Mitarbeiter in den höchsten Tönen davon geschwärmt hatte.

Die Bäume in dem Wald waren nicht nur deutlich günstiger als in der Stadt, man bekam obendrein ein volles Programm geboten. So gab es nicht nur Glühwein, Bratwurst und Wildschwein am Spieß, sondern auch eine Plätzchenbäckerei, in der die Kinder mithelfen durften. Außerdem konnten die Kleinen Kerzen selbst ziehen, Weihnachtskarten basteln, sich mit dem Weihnachtsmann fotografieren lassen und einiges mehr. Wer wollte, konnte den ausgesuchten Baum per Pferdeschlitten zum Auto bringen lassen, wobei für die Kinder ein Platz auf dem Kutschbock reserviert war. Alles klang nach dem perfekten Ambiente für einen idyllischen Familienausflug.

Ein bisschen Idylle hatten sie dringend nötig nach dem Vorfall an der Schule. Davon abgesehen, dass es schrecklich war, wenn sich ihr Timmy mit anderen Kindern prügelte, war Sven ausgerechnet der Sohn eines wichtigen Kunden von Werner. Der Vater des Jungen, der dem Bankkaufmann schon einige befreundete Unternehmer und damit solvente Kunden vorgestellt hatte, war zutiefst empört und bestand auf einer öffentlichen Entschuldigung. Darauf hatte Tim sich jedoch unter keinen Umständen einlassen wollen, bis Werner ihn schließlich dazu gezwungen hatte. Seitdem herrschte Krieg zwischen Vater und Sohn. Der Ausflug war ein Friedensangebot von ihrer Seite an Tim, das sie Werner abgebettelt hatte.

Der Nachmittag des zweiten Advents begann für die Gärtners tatsächlich sehr friedlich und harmonisch. Tim freute sich riesig, als sie ihm beim Mittagessen von ihrem Plan erzählten, und konnte kaum abwarten, bis es losging. In Jacke und Mütze sprang er durch den Flur und streckte alle zwei Minuten den Kopf zur Küchentür herein, wo Cornelia Gärtner noch das Geschirr in die Spülmaschine räumte.

»Wann geht's denn endlich lohoooos?«, fragte er mit vor Aufregung geröteten Wangen. »Wenn wir uns nicht beeilen, sind bestimmt alle schönen Bäume schon weg.«

Werner meldete sich aus dem Wohnzimmer zu Wort, wo er mit der Sonntagszeitung auf dem Sofa saß. »Immer mit der Ruhe, Tim. Wir haben ja erst den zweiten Advent, da sind ganz sicher noch genügend Bäume übrig. In dem Wald stehen mehrere tausend Tannen.«

»Jipppieeee! Ich freu mich so.« Damit rannte er nach draußen in den Garten, um seine überschüssige Energie beim Schneeballwerfen abzubauen.

Als sie sich nur wenig später auf den Weg in den Weihnachtsbaumwald machten, hatte Tim sich ordentlich ausgetobt.

Anfangs lief alles bestens, sie sahen sich die Stände an, Tim übte sich im Holzhacken, und sie konnten sich sogar auf Anhieb auf einen Baum einigen. Perfekt, dachte Cornelia Gärtner noch, doch man soll bekanntlich nicht den Tag vor dem Abend loben, und prompt ließ der Ärger nicht lange auf sich warten. Es begann damit, dass ihr Sohn nicht auf dem Kutschbock mitfahren konnte, weil sie die Kutsche aufgrund des hohen Andrangs mit einer anderen Familie teilen mussten, deren dreieinhalbjährige Tochter den Vorzug vor dem Neunjährigen bekam. Auf der Fahrt zum Wagen saß er schmollend in einer Ecke, die Arme vor der Brust verschränkt. Am Ziel wollte er unbedingt eine Bratwurst, die Werner ihm jedoch verweigerte, weil er zuvor fast eine ganze Schale mit Plätzchen alleine aufgefuttert hatte. Als Tim dann auch noch mit dem Kinderkarussell fahren wollte, obwohl er für die winzigen, sich im Schneckentempo im Kreis drehenden Schaukelpferde viel zu groß war, sprach Werner ein Machtwort. Daraufhin bekam ihr Sohn einen Schreikrampf, der ihr das Blut in die Wangen schießen ließ, weil alle Umstehenden sich nach ihnen umsahen.

Am Wagen angekommen, wollte Tim nicht einsteigen. Nach einer lautstarken Diskussion mit Werner öffnete er wortlos die Fondtür, kroch in den Fußraum und weigerte sich standhaft, auf dem Kindersitz Platz zu nehmen und sich anzuschnallen. Als sie ihn daraufhin am Arm hochziehen wollte, schlug er um sich und traf sie in der Magengrube. Werner, der ohnehin gereizt war, weil der Weihnachtsbaum nicht recht aufs Wagendach passen wollte, wurde daraufhin laut und drohte seinem Sohn eine Ohrfeige an. Das Geschrei der beiden hallte über den gesamten Parkplatz, und als sie endlich losfuhren, bereute Cornelia Gärtner den Ausflug längst zutiefst.

Zu Hause erteilte Werner dem Neunjährigen Stubenarrest und schickte ihn mal wieder ohne Abendessen schlafen. In ihren Augen war die Strafmaßnahme zwar eher kontraproduktiv, aber wie so oft traute sie sich nicht, ihrem Mann zu widersprechen. Schweigend aßen sie zu Abend und machten sich danach noch eine Flasche Glühwein warm.

»Siehst du endlich ein, dass wir zu härteren Maßnahmen greifen müssen?«, fragte Werner, als sie noch einmal die Ereignisse des Nachmittags besprachen. »Ich kann mir solche Ausbrüche in der Öffentlichkeit nicht leisten. Erst die Prügelaktion in der Schule, und jetzt das. Ich lasse mir von dem aufsässigen Rotzlöffel doch nicht meinen guten Ruf ruinieren.«

»Ich weiß, glaubst du denn, mir ist das nicht schrecklich peinlich?«, erwiderte sie und seufzte. »Trotzdem werden härtere Strafen nicht …«, startete sie dann einen zögerlichen Versuch, ihren Mann davon abzubringen.

»Ach, papperlapapp! Ich sehe mir das jedenfalls nicht länger mit an«, polterte Werner los und unterbrach sie einfach. »Das muss ein Ende haben, und zwar so schnell wie möglich.«

Cornelia Gärtner legte ihrem Mann beschwichtigend eine Hand auf den Arm. »Aber Werner, Frau Keppler tut doch schon, was sie kann.«

»Offensichtlich tut sie nicht genug.« Mit Nachdruck schüttelte er den Kopf. »Wir nehmen eine Menge Geld in die Hand, damit diese Frau unser Problem löst, und wenn ihr das nicht gelingt, müssen wir uns eben nach Alternativen umsehen.«

»Aber Werner …«

»Nichts aber!«, schnaubte er. »Wenn das der guten Frau Keppler nicht gelingt, muss eben wer anders her. So einfach ist das.«

Cornelia Gärtner war der Verzweiflung nahe. So »einfach«, wie ihr Mann sich das vorstellte, war die Lage nicht. »Frau Keppler sagt, wir müssen alle an einem Strang …«

»Die gute Frau soll gefälligst nicht so klug daherreden, sondern ihren Job machen. Sonst hat sie die längste Zeit mit unserem Sohn gearbeitet.« Mit Nachdruck stellte er sein Glas ab.

Sie diskutierten noch eine Weile, und dann machte Werner einen Vorschlag, der ihr so ungeheuerlich erschien, dass sie ihn nicht mal zu Ende zu denken wagte.

Nur noch fünf Tage, dann ist Olaf endlich da und kann mir bei den Weihnachtsvorbereitungen zur Hand gehen, dachte Heike und ließ sich erschöpft auf den Küchenstuhl fallen. Die letzte Woche war wie im Flug vergangen, und von den vielen Aufgaben auf ihrer Liste hatte sie nicht eine einzige erledigt. Im Wasserkocher brodelte und gurgelte es bedrohlich, ein Zeichen dafür, dass er längst mal wieder entkalkt werden musste. Nur wann? Der Ergotherapeutin blieben genau fünf Minuten, um sich eine Kanne grünen Tee aufzubrühen, ehe der nächste Patient eintraf. Mit raschen Handgriffen füllte sie die duftenden Teeblätter in einen Filter, hängte ihn in die Glaskanne und stellte die Zeitschaltuhr auf drei Minuten.

Da kam Flo in die Küche gestiefelt und streckte sich

erst mal ausgiebig, ehe er sich hinsetzte und sie miauend begrüßte. Er wirkte steif und war etwas wackelig auf den Beinen, offenbar hatte er tief und fest geschlafen, als sie zur Tür hereingekommen war. Seit zwei Tagen blieb der Kater oben in der Wohnung, statt sie in die Praxis zu begleiten, was darauf hindeutete, dass es ihm nicht allzu gut ging und er seine Ruhe brauchte.

»Na, mein alter Herr«, sagte Heike und strich ihm im Vorbeigehen über den Rücken, den er ihr sofort entgegenstreckte.

Dem Tier machte die Kälte sichtlich zu schaffen, und es hatte vor zwei Wochen zum ersten Mal einen leichten Arthroseschub gehabt. Dank der Medikamente war Flo schmerzfrei, aber er war in seiner Mobilität sichtlich eingeschränkt und nicht mehr so agil wie sonst. Der Kater maunzte noch ein paarmal, dann streckte er den Kopf in ihre Hand und fing leise an zu schnurren.

Da klingelte auch schon die Küchenuhr, und keine zwei Minuten später stand Luisa in Begleitung ihrer Mutter vor der Tür. Die Dreizehnjährige hatte eine spastische Hemiparese und saß aufgrund der halbseitigen Lähmung im Rollstuhl. Heike hatte schon während ihrer Ausbildung mit dem Mädchen gearbeitet und sie als Patientin mitgenommen, als sie sich selbstständig gemacht hatte. Mutter und Tochter brachten ihr eine Tüte mit selbstgebackenen Weihnachtsplätzchen mit, die Luisa eigenhändig mit Zuckerguss verziert hatte. Sie war unendlich stolz auf ihr Werk und bestand darauf, dass die Ergotherapeutin davon probierte, ehe sie begannen.

»Hm, lecker«, lobte Heike und fügte hinzu: »Da wart ihr fleißiger als ich. Meine Plätzchendosen sind noch gähnend leer.«

Luisas Mutter lachte. »Bei uns sind sie dafür umso voller, wir können bald die halbe Stadt versorgen, wenn wir in dem Tempo weiterbacken.«

»Egal, es macht so viel Spaß«, wandte das Mädchen ein. »Was machen wir heute?«, fragte es dann.

Die Ergotherapeutin erklärte ihr kurz die Übungen, dann legten sie los. Für die erste Aufgabe holte Heike einen Fußball aus einer der Kisten und klappte die Fußstützen des Rollstuhls hoch. Zunächst sollte Luisa das gesunde Bein auf den Ball stellen und ihn ohne Hilfe vor und zurück rollen. Beim ersten Versuch kullerte ihr der Ball noch davon, aber von Mal zu Mal wurde sie sicherer, und bald rollte sie den Ball zielsicher nach allen Seiten. Als Nächstes nahm sich Heike das gelähmte Bein vor. Sie stellte Luisas linken Fuß ebenfalls auf den Ball und ließ ihn vorsichtig rotieren. Durch die gezielten Bewegungen versuchte sie die Muskeln zu aktivieren und so die Spastik nach und nach zu lösen.

»Es geht schon viel besser als letztes Mal, nicht wahr?«, fragte Luisas Mutter, die sich wie so oft den Sitzball geschnappt hatte und darauf herumrollte, während sie den beiden zusah.

»Ja, ich bin sehr zufrieden«, stimmte Heike ihr zu und wandte sich dann an ihre Patientin. »Willst du noch an die Sprossenwand?« Sie wusste schon, wie die Antwort lauten würde, denn die nun folgende Übung zählte zu Luisas liebsten.

»Na klar!« Sie strahlte.

Sie begannen damit, dass Heike das Mädchen im Stand an der gelähmten Seite stützte, während es sich mit dem gesunden Arm an einer Sprosse festhielt und das Gewicht abwechselnd von rechts nach links verlagerte. Anschließend folgten mehrere Übungen zur Schulung von Stand- und Spielbein, die Luisa mittlerweile wie im Schlaf beherrschte.

Nachdem die beiden fast eine Viertelstunde konzentriert gearbeitet hatten, durfte Luisa noch auf die Therapierutsche. Wenn sie auf dem Keilkissen über die an der Sprossenwand angebrachte schräge Bahn glitt, juchzte sie jedes Mal vor Vergnügen.

Zufrieden verabschiedeten die beiden sich kurz darauf, und Heike beschloss, die Mittagspause für einen Winterspaziergang zu nutzen. Der strahlend blaue Himmel und die Sonne, in der die Schneekristalle glitzerten, lockten sie nach draußen. Flo schloss sich ihr spontan an und begleitete sie ein Stück auf seinem Reviergang, ehe er in Nachbars Garten abbog und sich ihre Wege trennten.

Die Ergotherapeutin war flott unterwegs, da sie beim zügigen Laufen schon nach wenigen Minuten einen freien Kopf bekam. Diesmal konnte sie jedoch nicht abschalten, denn während der Therapiestunde mit Luisa hatte Cornelia Gärtner eine Nachricht auf dem Anrufbeantworter hinterlassen. Tims Mutter hatte ziemlich verzweifelt geklungen und schnellstmöglich um Rückruf gebeten. Heike konnte sich schon denken, worum es ging. Sicher nichts Gutes.

Die Eltern des Neunjährigen hatten bereits einige Therapeuten verschlissen, um ihren Sohn »in richtige Bahnen« zu lenken, wie Werner Gärtner sich beim Erstgespräch Heike gegenüber ausgedrückt hatte. Seit nunmehr anderthalb Jahren hatten sie von medikamentöser Behandlung über eine Verhaltenstherapie bis hin zu einer Selbsthilfegruppe für ADHS-Kinder einiges ausprobiert. Doch bisher hatte nichts angeschlagen, war niemand wirklich an den Jungen herangekommen, hatte keine Therapie das gewünschte Ergebnis gezeigt. Auch Heike hatte ihnen schon mehrfach zu erklären versucht, dass sie selbst einen großen Anteil an Tims Zustand hatten und auch an sich arbeiten müssten, aber das wollten sie nicht hören. Statt den Jungen zu unterstützen und zu ermutigen, griff vor allem der Vater vermehrt zu Strafen und machte Druck.

Nicht nur auf den Jungen, sondern zunehmend auch auf die Ergotherapeutin, die sich seit Beginn des letzten Schuljahres darum bemühte, das Vertrauen des hyperaktiven, verhaltensgestörten Kindes zu erwerben. Dies war, neben diversen sensomotorischen Übungen sowie Aufgaben zur Verbesserung der Augen-Hand-Koordination, natürlich nur der erste Schritt – und dauerte nun mal seine Zeit. Tim war nicht mehr so fahrig wie früher, blieb länger am Ball, wenn ihn eine Aufgabe interessierte, und seine Heftführung hatte sich ebenfalls verbessert – sofern er nicht in eine Stresssituation geriet. Werner Gärtner ging das alles trotzdem viel zu langsam, denn er war nicht in der Lage, sich auch nur ansatzweise in seinen Sohn hineinzuversetzen. Die Schlägerei in der Schule war nur ein Beispiel dafür, wie sehr Tim nach wie vor mit seinen Emotionen überfordert war. Er brauchte Unterstützung und Zuspruch statt Strafe und Maßregelung, aber das konnte sie dem Vater des Jungen bedauerlicherweise nicht begreiflich machen.

Als Heike nach ihrer kurzen Runde an der frischen Luft die Haustür aufschloss, lief sie Herrn Scheuermann in die Arme, der nicht zum ersten Mal seinem Ärger über die Therapiepraxis in seiner unmittelbaren Nachbarschaft Luft machte. Die Ergotherapeutin hörte sich seine Beschwerde über den hereingetragenen Schneematsch im Treppenhaus, das »unerträgliche Kindergeschrei« und den zugeparkten Gehweg vor dem Haus geduldig an und versprach ihm, Abhilfe zu schaffen. Ehe er weiterschimpfen konnte, ließ sie ihn stehen und nahm die Treppe ins Souterrain.

Die Viertelstunde bis zum nächsten Patienten wollte sie für den Rückruf bei Frau Gärtner nutzen. Sie hatte sich unterwegs ein paar Argumente zurechtgelegt und fühlte sich ganz gut gerüstet. Doch schon nach wenigen Minuten war Heike sprachlos. Sie hatte keineswegs mit positiven Neuigkeiten gerechnet, aber was Tims Mutter ihr da mitteilte, überstieg ihre schlimmsten Erwartungen.

»Das können Sie doch nicht machen!«, rief sie in den Hörer. Dabei gestikulierte sie so wild, dass Flo, der vor ihr zurückgekehrt war, auf seinem Kissen hochschreckte. »Wie soll ich das denn schaffen bis Weihnachten? Das ist utopisch! Ihr Mann hat völlig unrealistische Vorstellungen.«

Ihrer Gesprächspartnerin war anzumerken, dass ihr das alles furchtbar peinlich war. »Sie müssen uns verstehen«, hielt sie dennoch dagegen, »wir sind mit den Nerven am Ende. Ich habe Ihnen doch erzählt, was neulich erst in der Schule vorgefallen ist, oder?«

Heike nickte. »Ja, trotzdem braucht Tim mehr Zeit.«

Frau Gärtner räusperte sich mehrmals, dann sagte sie mit ungewohnt fester Stimme: »Wenn sich bis zur letzten Stunde in diesem Jahr keine deutliche Besserung einstellt, sehen mein Mann und ich uns zu diesem Schritt gezwungen.«

»Aber … ich kann doch keine Wunder vollbringen!« Heike verstand die Welt nicht mehr. »Sie müssen mit Tim Geduld ha…«

»Meine liebe Frau Keppler, wir halten wirklich große Stücke auf Sie, aber Geduld hatten wir in den letzten Monaten wahrlich genug. Es muss endlich etwas geschehen.«

Die Sätze klangen wie auswendig gelernt, sie passten gar nicht zu der sonst so sanftmütigen Frau, aber die Ergotherapeutin war so aufgebracht, dass sie dem keine große Beachtung schenkte.

»Man kann bei diesen Kindern nicht einfach einen Schalter umlegen, und schon funktionieren sie wie am Schnürchen. Wie stellen Sie sich das vor?« Heikes Stimme überschlug sich fast, so entsetzt war sie.

Die beiden Frauen diskutierten noch eine Weile, dann klingelte es, der nächste Patient stand vor der Tür, und sie musste das Gespräch beenden. Heike war so verwirrt, dass sie den Jungen und seine Mutter bat, kurz im Wartezimmer Platz zu nehmen, damit sie sich sammeln konnte, bevor sie sich ihm widmete.

Tims Eltern hatten beschlossen, ihren Sohn zu Beginn des zweiten Schulhalbjahrs in ein sonderpädagogisches Förderzentrum zu schicken, das gut einhundertfünfzig Kilometer von ihrem Wohnort entfernt lag. Zu der Schule gehörte ein Internat, in dem der Junge unterkommen sollte. Damit müsste er sich an eine völlig neue Umgebung und neue Menschen gewöhnen, was zu einem Rückschlag führen und die kleinen Behandlungserfolge, die Heike mit ihm erzielt hatte, von jetzt auf gleich zunichtemachen konnte.

Das darf ich unter keinen Umständen zulassen!, dachte sie fest entschlossen und trank einen Schluck Wasser. Dabei fiel ihr Blick auf den von seinem Reviergang sichtlich erschöpften Kater, der auf seinem Kissen lag und selig schlummerte.

»Flo, wir müssen etwas tun!«, sagte sie. »Nur was?«

5.

Kater Flo hatte sich auf seinem grünen Kuschelkissen im Behandlungsraum eng zusammengerollt. Es war kurz nach acht Uhr morgens und damit Zeit für ein erstes Schläfchen, immerhin war er schon seit halb sechs auf den Beinen.

Obwohl Flo die Augen geschlossen hatte, schlief er nicht, sondern nahm mit allen Sinnen die Spannung in der Luft wahr. Leider hatte er den richtigen Moment verpasst, um sich zu verdrücken, und nun hatte Heike bereits die Tür zugemacht. Damit saß er in der Falle, weil sie mitten in einer Therapiestunde grundsätzlich nicht aufstand, um ihn herein- oder hinauszulassen. Wenn er jetzt einen Aufstand probte, indem er laut miaute oder an der Tür kratzte, würde sie ihn bloß ignorieren. Das hatte er in zahlreichen Selbstversuchen sowie etlichen Geduldsproben ausprobiert und stets den Kürzeren gezogen. Dabei haben Katzen bekanntlich jede Menge Geduld, und Flo war durchaus ein typischer Vertreter seiner Art.

Wenn er Laut gab, bestand außerdem Gefahr, dass er Tims Aufmerksamkeit erregte, und das war nun wahrlich das Letzte, was er wollte.

Normalerweise erkannte er den verhaltensauffälligen Jungen an seinen Schritten, kaum dass er oben zur Tür hereinkam. Aber diesmal hatte der Kater so tief und fest geschlafen, dass er nichts mitbekommen hatte. Erst als Tim beim Betreten des Raumes den Hocker neben der Tür umgestoßen und daraufhin lautstark geflucht und dagegengetreten hatte, war Flo aufgewacht. Er hatte zwar noch gesehen, dass Heike die Türklinke umfasste, doch zu spät.

Nicht mal sein feiner Geruchssinn hatte ihm diesmal weitergeholfen. Tim und er waren im selben Raum, und eine Möglichkeit zur Flucht bestand definitiv nicht. Vielleicht bemerkt er mich ja nicht, wenn ich mich ganz klein mache und ruhig verhalte, überlegte der Kater und vergrub den Kopf noch ein bisschen tiefer im Fell. Bisher ging seine Rechnung auf, dennoch blieb Flo misstrauisch und lag mit gespitzten Ohren da, um jede Gefahr schon im Anflug erkennen und sich rechtzeitig in Sicherheit bringen zu können.

Dass Gefahr drohte, daran bestand kein Zweifel, denn Tim roch mal wieder eindeutig nach Aggression. Und nach Verzweiflung. Nur zu gerne hätte der Kater Heike vorgewarnt, die gerade arglos einige Legespiele hervorholte und vor dem Jungen ausbreitete. Aber dann hätte er seine fingierte Leichenstarre aufgeben müssen, und das war ganz sicher keine gute Idee.

»So, Tim, heute geht es mit den Buchstabenplättchen los. Versuch doch mal bitte, daraus drei Wörter mit jeweils unterschiedlichen Vokalen zu legen.«

»Wie meinst du das?«, fragte der Junge nach, was Flo an seiner Stelle ebenfalls getan hätte.

Bei den Übungen mit den seltsamen Plättchen, auf denen etwas stand, das offensichtlich zum Lösen der Aufgabe von Bedeutung war, kam er nämlich auch nicht mit. Er hatte wirklich einen scharfen Katzenverstand, auch im hohen Alter noch, aber das war wohl zu menschenspezifisch.

Heike nahm einige der rechteckigen Holzscheiben und legte sie aneinander. »So meinte ich das. Du kannst zum Beispiel mit dem A, dem U und dem O das Wort Auto und mit den restlichen Vokalen, dem E und dem I, das Wort heiß bilden. Dann hast du alle Vokale einmal verwendet. Hast du es nun besser verstanden?«

Während Tim nickte und sofort begeistert lostüftelte, beschloss Flo, seine Aufmerksamkeit doch lieber der Spinne zu widmen, die er gerade neben dem Heizungsventil entdeckt hatte. Das war deutlich katzengerechter als dieses Getüftel. Seine Sorge um Tim geriet angesichts der Beute ins Hintertreffen.

Flo hatte die Spinne gerade mit einem Pfotenhieb von der Wand geholt und wollte sie ins Maul nehmen, um sie gleich wieder auszuspucken und so die Vorfreude auf den Genuss noch ein bisschen zu vergrößern, da ertönte ein wütender Schrei hinter ihm, und er fuhr herum. Seine empfindlichen Ohren zuckten, und er spähte abwechselnd zur Tür und zu seinem Kissen, auf der Suche nach einem Fluchtweg.

Heike versuchte Tim zwar abzulenken und zu beruhigen, doch er reagierte kaum auf sie und steigerte sich regelrecht in seine Wut hinein. Er grabschte die

Plättchen und warf sie quer durchs Zimmer, wobei er unaufhörlich brüllte. Flo wurde panisch und sprintete auf die Tür zu, um daran zu kratzen. Ihm war völlig schnurz, dass es verboten war, er wollte nur noch hier raus. Zum Glück hatte Heike ein Einsehen mit ihm und öffnete ihm ausnahmsweise die Tür, woraufhin er wie ein geölter Blitz durch den Spalt flitzte und davonstob.

Selbst nachdem er durch die Katzenklappe geschlüpft war und durchs Treppenhaus strich, war das Geschrei des Neunjährigen noch zu hören. Unterwegs begegnete Flo Herrn Scheuermann, der kopfschüttelnd in Richtung Souterrain spähte und etwas Unverständliches murmelte. Schade, Shamila konnte er jetzt keinen Besuch abstatten, wenn der Rentner auf dem Weg nach draußen war, also verzog er sich in Heikes Wohnung. Dort würde er erst mal eine ausgiebige Revierbegehung vornehmen, um sich von den Strapazen zu erholen. Indem er sich davon überzeugte, dass hier oben alles in bester Ordnung war, kam sein Puls zur Ruhe, und er fand sein inneres Gleichgewicht wieder.

Eine Etage höher angekommen, hatte Flo sich umentschieden und beschlossen, sich zunächst in aller Ruhe der Futterbeschaffung nach dem Zufallsprinzip zu widmen, daher führte ihn sein erster Gang in die Küche. So zerstreut, wie Heike in letzter Zeit war, ließ sich hier ganz sicher gut Beute machen.

Seine Erwartungen wurden nicht enttäuscht, denn der Frühstückstisch war noch nicht abgeräumt. Er bezog Position an der Stirnseite des Tisches, schätzte die

Entfernung routiniert ab und sprang zielsicher auf die Tischplatte. Zwar hatte er nicht mit den Weihnachtsplatzsets gerechnet und geriet darauf ein wenig ins Rutschen, aber er fing sich schnell wieder, und bis auf einen leeren Eierbecher, der in die Tiefe stürzte, gab es keine Kollateralschäden. Flo spähte über die Tischkante und war beruhigt: keine Scherben.

Zu seiner großen Freude erwartete den Kater ein echter Festschmaus. Auf Heikes Teller lagen ein paar Streifen Fett von dem rohen Schinken, den er so gern mochte, und auf der runden Platte mit dem Deckel, der zum Glück nicht ganz geschlossen war, entdeckte er ein Käsedreieck, das köstlich duftete.

Schnuppernd tastete Flo sich zwischen der Teetasse, dem Saftglas und den Marmeladenschälchen vorwärts, bis er die Platte mit dem Käse erreicht hatte. Mit der Nase versetzte er dem Deckel einen Stoß, so dass sich die Lücke zwischen der Platte und dem Deckelrand vergrößerte. Er schob die Schnauze in den Spalt und hob mit einem Ruck den Kopf, wobei er ein Stück nach vorne robbte. Zwei Anläufe, dann schepperte der Deckel auf die Eckbank. Flo blickte ihm kurz nach und beobachtete, wie die Plastikhülle sich noch eine Weile drehte, dann widmete er sich seinem zweiten Frühstück.

Genüsslich schleckte er das Weiche im Inneren des Käsestücks heraus und bohrte mit der Zunge ein gleichmäßiges Loch in die cremige Masse. Die weiße Kruste dagegen verschmähte er, die klebte immer so unangenehm zwischen den Zähnen und war auch längst nicht so lecker. Nachdem er Heikes Teller noch blitzeblank geschleckt hatte, inspizierte er das Milchkännchen, das tatsächlich noch zu einem Viertel gefüllt war.

Er setzte sich gemütlich hin, wobei sein Schwanz fast in einer der Marmeladen gelandet wäre, und streckte die rechte Vorderpfote in die kleine Kanne. Die Öffnung war recht eng, aber Flo war schließlich kein Anfänger. Vorsichtig schob er die Pfote immer tiefer, bis er spürte, dass sie nass wurde. Mit einem Ruck zog er sie heraus und schleckte sie ausgiebig ab, bis kein einziges Tröpfchen Milch mehr daran klebte. Die gesamte Prozedur wiederholte er ungefähr sieben Mal, ehe er sich ausgiebig putzte und für ein Verdauungsnickerchen auf den Kaminsims zurückzog.

Was für ein Tag! Flo rollte sich zusammen und schloss erschöpft die Augen. Im Grunde musste er Tim dankbar sein, dass er sich vorhin so unmöglich aufgeführt hatte. Er wäre sonst nie auf die Idee gekommen, hier oben nach dem Rechten zu sehen. Und was für tolle Leckereien wären ihm dann entgangen.

Danke, Kumpel, dachte er noch, ehe er einschlief, ich werde mich bei Gelegenheit revanchieren.

»Frau Keppler, damit ist jetzt ein für alle Mal Schluss! Ich lasse mir das nicht länger gefallen! Dieser Lärm ist unerträglich, das dulde ich nicht!«, wetterte Herr Scheuermann aus dem dritten Stock links und setzte zu einem Donnerwetter an, das kein Ende nehmen wollte.

Die Ergotherapeutin stand da wie festgewurzelt, während der Rentner vor ihrer Tür sich förmlich in

Rage redete und gar nicht mehr aufhören wollte zu keifen. Sie hatte sich so sehr auf ein ruhiges, besinnliches Adventswochenende gefreut, da sie es endlich geschafft hatte, die Wohnung zu dekorieren und einen schlichten Buchsbaumkranz mit vier blasslila Kerzen zu besorgen. Sogar die Schreibarbeiten für diese Woche hatte sie komplett erledigt, auch wenn sie dafür am vergangenen Abend bis weit nach Mitternacht über den Unterlagen gesessen hatte. Um mit Olaf, der jeden Moment aus Frankreich eintreffen musste, zwei unbeschwerte Tage ohne auch nur einen Gedanken an ihren Job verbringen zu können, war es ihr den Aufwand wert gewesen.

Hätte ich doch bloß die Tür nicht aufgemacht, schimpfte sie sich selbst und fügte im selben Moment in Gedanken hinzu: Aber dann hätte der alte Griesgram sicher wieder Sturm geklingelt.

Tausend Gedanken schwirrten ihr durch den Kopf, weshalb sie von dem Gebrüll ihres Nachbarn, dessen Gesichtsfarbe in ein bedenkliches Purpurrot übergegangen war, nur einzelne Wortfetzen aufschnappte. »Ruhestörung!« – »Gepolter!« – »Gewerbeaufsichtsamt!« – »Beschwerde!« – »Unerlaubte Betreibung eines Unternehmens in einer Privatwohnung!«, hallte es in ihren Ohren wider.

Bitte nicht!, flehte sie stumm, noch immer zu keiner Erwiderung fähig. Diesmal klang es ernster als sonst.

Nicht zum ersten Mal stand Herr Scheuermann, der sie seit seinem Einzug vor einem knappen halben Jahr skeptisch beäugte, wutentbrannt vor ihrer Tür und hielt ihr einen Vortrag. Bisher hatte Heike ihn jedes Mal wieder besänftigen können, doch nun war ihm offensichtlich endgültig der Kragen geplatzt. Von den vielen Fremden im Haus, vor allem jedoch von dem Lärm fühlte er sich belästigt und hatte sich schon mehrfach beim Vermieter über die Ergotherapeutin beschwert. Da dieser nicht wie gewünscht mit einer Abmahnung reagiert hatte, fuhr der alte Griesgram nun wohl härtere Geschütze auf. Der Vermieter, wie jedes Jahr um diese Zeit längst im Weihnachtsurlaub in der Karibik, war ohnehin nicht zu erreichen.

»Mit mir nicht, mein Frollein! Ich werde Sie anzeigen!«, spie der weißhaarige Herr und schüttelte drohend den Zeigefinger. »Und zwar gleich am Montag. Wär doch gelacht, wenn ich in diesem verlotterten Haus nicht für Zucht und Ordnung sorgen könnte!« Damit drehte er sich auf dem Absatz um und erklomm die Treppe.

Heike schloss die Tür und lehnte sich von innen dagegen. Ihr Herz raste, ob vor Wut oder Angst, vermochte sie nicht zu sagen, und sie atmete ein paarmal tief durch. Das hatte ihr gerade noch gefehlt, erst recht so kurz vor Weihnachten.

Ihr Pulsschlag hatte sich soeben beruhigt, da klingelte es zweimal kurz, danach wurde ein Schlüssel im Schloss gedreht. Im ersten Moment dachte die Ergotherapeutin, ihr Nachbar hätte noch immer nicht genug, aber als sie den Schlüssel hörte, wusste sie, wer es war, und riss die Tür auf. Olaf war so überrascht, dass er stolperte.

»Hallo, meine Liebste«, rief er. »Stehst du jetzt schon wie Flo hinter der Tür und wartest auf mich, kaum dass du meine Schritte im Hausflur hörst?«

»Schatz«, rief Heike, ohne auf den Scherz einzugehen, »dich schickt der Himmel!« Sie fiel ihm um den Hals, noch ehe er den zweiten Fuß in die Wohnung gesetzt hatte, und gab ihm einen Kuss.

Als ihr Freund sie mit beiden Armen umfing, als wollte er sie nie mehr loslassen, barg sie den Kopf an seiner Brust. Sie rührte sich auch dann nicht, als er sie wieder freigab, damit er nicht sah, dass sie weinte. Sanft fasste er sie an den Schultern und schob sie ein Stück von sich weg, während er sie kritisch und besorgt zugleich musterte.

»Was für eine Begrüßung! Ich nehme mal nicht an, dass das Freudentränen sind?«

Heike schüttelte den Kopf, wider Willen musste sie grinsen. »Nein, leider nicht. Auch wenn ich mich riesig freue, dass du da bist. Aber ...«

Weiter kam sie nicht, denn zu ihren Füßen ertönte ein empörtes Miauen. Flo, der nicht gewillt war, sich noch länger von seinem Lieblingsmenschen ignorieren zu lassen, machte seiner Empörung lautstark Luft. Beide Vorderpfoten akkurat nebeneinandergestellt saß er da und blickte beleidigt zu den beiden auf.

Sofort ging Olaf in die Hocke und kraulte den Kater am Kinn, der daraufhin seinen Dieselmotor anwarf und so freudig schnurrte, dass seine Barthaare zitterten.

»Na, mein Kumpel, wie geht's?«

Gesprächig, wie er war, ließ Flo sich nicht lange bitten und maunzte drauflos. Es klang, als wollte er Olaf berichten, wie es ihm in den letzten vier Wochen ergangen war. Dabei strich er ihm immer wieder um die Beine und rieb das Köpfchen an Olafs Winterstiefeln.

Während er den Kater weiter streichelte, sah Olaf zu Heike auf und sagte: »Jetzt schieß schon los. Welche Laus ist dir heute über die Leber gelaufen?«

Heike seufzte. »Laus ist viel zu schmeichelhaft für diesen alten Miesepeter. Aber zieh dich erst mal aus und komm in die Küche. Der Tisch ist schon gedeckt. Ich erzähle es dir beim Essen.«

Während sie sich das Fladenbrot mit Tsatsiki, italienischen Antipasti, Weinblättern, Paprikafrischkäse und eingelegten Oliven schmecken ließen, berichtete Heike von ihrem Streit mit dem alten Nachbarn.

»Ich will gar nicht daran denken, was passiert, wenn er mich tatsächlich anzeigt«, sagte sie, wobei sich leichte Panik in ihrem Blick spiegelte. »Stell dir mal vor, ich muss hier raus. Das wäre eine Katastrophe.«

Olaf legte ihr beruhigend eine Hand auf den Arm. »Nun mal langsam, so leicht geht das nicht. Am besten, du erkundigst dich gleich morgen beim Krankenkassenverband. Ich sage jetzt auch nicht, dass du dich längst hättest darum kümmern müssen. Okay?«

»Vielen Dank auch, wirklich sehr großzügig.« Heike wusste selbst, dass sie die Anmeldung versäumt hatte. Sie war nun mal nicht wie Olaf, der unangenehme Aufgaben grundsätzlich sofort erledigte. Lieber schob sie diese so lange vor sich her, bis sie vergessen hatte, dass sie existierten.

»Jetzt sei nicht sauer. Wenn du mich heute Abend nicht ärgerst, helfe ich dir vielleicht. Ist das ein Angebot?«

Gegen seinen schelmischen Blick war Heike einfach machtlos. »Ein Supersonderangebot, würde ich sagen«, erwiderte sie und nahm sich noch eine Scheibe Brot.

Nach dem Essen setzten sie sich noch mit einem Glas Wein aufs Sofa. Wie so oft blieb der Fernseher aus, dafür erzählte Olaf das Neueste aus Lyon, während Heike ihm von ihren Patienten berichtete. Sie beschlossen, den Heiligen Abend zu zweit zu verbringen und am ersten Feiertag Heikes Mutter einzuladen. Am Tag danach wollten sie dann Olafs Eltern einen Besuch abstatten, zum Mittagessen, über das seine Mutter sich schon seit einer guten Woche den Kopf zerbrach. Dreimal hatte sie schon bei Heike angerufen und gefragt, was sie denn kochen solle. Zwar hatten sie sich jedes Mal auf ein Gericht geeinigt, doch spätestens ein paar Tage später klingelte das Telefon erneut, und das Spiel begann noch mal von vorne. Als Heike ihrem Freund amüsiert von den Gesprächen berichtete, zuckte Olaf nur schuldbewusst die Achseln.

Flo leistete den beiden selbstverständlich Gesellschaft und streckte sich links von Olaf aus, wobei er den Rücken an den Oberschenkel seines Lieblingsmenschen schmiegte. Sein wohliges Schnurren ging nach einem tiefen Seufzer in leises Schnarchen über, und kurz darauf fing der Kater an, im Schlaf zu zucken und zu strampeln.

»Sieh mal, er jagt wieder Mäuse«, sagte Olaf und

lehnte sich zurück, damit Heike das Schauspiel verfolgen konnte.

»Ja, in letzter Zeit träumt er viel heftiger als früher, als müsste er im Traum nachholen, was er tagsüber nicht mehr schafft«, erwiderte sie mit einem liebevollen Blick auf das Tier.

»Komisch«, meinte Olaf, »ich träume in letzter Zeit auch wie ein Weltmeister. Vermutlich muss ich ebenfalls irgendwelche Ereignisse aufarbeiten …«

»Pah, wahrscheinlich fährst du immer mit dem Auto durch die Gegend und bringst unschuldige Frauen auf dem Rad zu Fall, weil du dich nicht traust, sie anzusprechen«, spielte Heike auf den Moment ihres Kennenlernens an. Olaf hatte ihr damals die Vorfahrt genommen, weshalb sie bei ihrer Vollbremsung auf dem nassen Pflaster gestürzt war.

»Ganz sicher nicht!« Olaf zwinkerte ihr zu. »So was mache ich ganz bestimmt nicht noch mal. Schließlich habe ich heute noch mit den Spätfolgen zu tun.«

Heike boxte ihn in die Rippen. »Was? Willst du dich etwa beschweren?«

»Niemals!« Olaf wehrte ihre Schläge ab und drehte sich zur Seite, wodurch Flo erwachte.

Der Kater hob abrupt den Kopf, gab ein ungehaltenes Keckern von sich und gähnte. Er stand auf, streckte sich nach oben, wobei er den Rücken wölbte, drehte sich dreimal im Kreis und ließ sich wieder aufs Sofa sinken. Kaum hatte er den Kopf auf die Vorderpfoten gelegt, war er auch schon wieder eingeschlafen.

»Hat der ein Leben.« Olaf klang fast ein bisschen

neidisch. »Aber uns geht es auch nicht schlecht«, fügte er mit einem Seitenblick auf seine Freundin hinzu. Er stand auf und zog Heike die Wolldecke von den Knien. Dann streckte er ihr die Hand hin. »Komm, wir gehen spazieren.«

»Um die Uhrzeit?«, fragte Heike und wickelte sich wieder in die Decke.

Olaf ließ nicht locker. »Ja, um die Uhrzeit. Mittags um zwölf leuchten nun mal keine Sterne. Die Nacht ist eiskalt und klar, einfach wunderschön.«

Heike stöhnte gespielt. »O Mann, was muss ich mich auch von einem Romantiker über den Haufen fahren lassen?« Endlich stand sie auf und ließ sich von Olaf zur Tür ziehen.

Als die beiden zehn Minuten später in ihre Daunenjacken, Schals und Mützen gehüllt eng umschlungen durch die Siedlung schlenderten, waren Herr Scheuermann und seine Drohung weiter entfernt als der Polarstern, der über ihnen den Himmel erhellte.

6.

»Keiner kann mich leiden. Sogar deine doofe Katze rennt jedes Mal vor mir weg!«, platzte es aus Tim heraus.

Als Heike ihn mit etwas mehr Nachdruck als sonst gebeten hatte, sich besser zu konzentrieren und weiter dranzubleiben, war er laut geworden. Er hatte sich von ihr kritisiert gefühlt und aus der Aufforderung geschlossen, dass sie ihn nicht mochte.

Diesmal hatte es keine zehn Minuten gedauert, bis ihm die Anweisung, die sich die Ergotherapeutin heute für ihn ausgedacht hatte, zu blöd geworden war. Wahrnehmungsübung hieß der Quatsch, und er machte überhaupt keinen Spaß. Vielmehr brachte ihn die Aufgabe, sich auf seine Atmung zu konzentrieren und eine Gedankenreise durch den kompletten Körper zu machen, bis an seine Grenzen oder vielmehr darüber hinaus. Und das machte ihn wütend. Allein das Stillsitzen auf dem kleinen runden Kissen fiel ihm unendlich schwer, weshalb er zwischendurch immer wieder zu zappeln anfing. Wozu sollte das alles gut sein? Er wollte sich bewegen und nicht dasitzen wie festgewachsen.

»Das stimmt nicht«, widersprach Heike ihm, »deine Mutter hat dich sehr lieb, das weißt du genau. Ich mag dich auch, und Flo hat ganz sicher nichts gegen dich.«

»Trotzdem ist er gleich wieder abgehauen, als ich gekommen bin. Dabei habe ich ihm gar nichts getan. Bei den anderen Kindern bleibt er immer da, nur bei mir nicht.« So fest er konnte, schlug er mit der Faust auf den Boden. Es knackte, dennoch verspürte er keinen Schmerz.

»Katzen sind nun mal sehr sensibel. Flo spürt, was du …«, versuchte Heike ihm zu erklären.

Den Neunjährigen durchzuckte ein heftiger Schmerz in der Brust, und er sprang auf. »Ich bin auch sensibel! Das interessiert bloß keinen!«, blaffte er, Tränen in den Augen. »Nicht mal dich«, fügte er nach kurzem Zögern hinzu.

»Mich interessiert es sehr wohl«, sagte Heike und legte ihm beide Hände auf die Schultern. »Sieh mich mal an.«

Mit einer barschen Bewegung schob Tim sie weg, wobei seine Pupillen sich weiteten. Er konnte es nicht ausstehen, wenn man ihn anfasste, schon gar nicht so. Das machte ihn aggressiv.

»Entschuldige bitte«, sagte die Ergotherapeutin zu Tims Verwunderung sofort und nahm die Hände herunter. »Ich sollte eigentlich wissen, dass du das nicht magst.«

Sofort beruhigte er sich wieder. Es kam selten vor, dass andere seine Grenzen respektierten. Heike zählte zu den wenigen Menschen, was er ihr hoch anrechnete. Er mochte die Ergotherapeutin sehr, deshalb gab er sich auch jedes Mal große Mühe, ihr zu gefallen. Hin und wieder hatte er sogar das Gefühl, dass er ihr vertrauen konnte, obwohl sie eine Erwachsene war. Und trotzdem war die Wut manchmal stärker.

»Jetzt noch mal von vorn«, startete Heike einen neuen Versuch, »ich will es wirklich wissen. Wieso glaubst du, dass es keinen interessiert, was du denkst oder fühlst?«

Der Blick, den sie ihm dabei zuwarf, ging ihm durch Mark und Bein. Sie schien ihn tatsächlich ernst zu nehmen. Nicht mal seine Mama gab ihm dieses Gefühl, die wollte immer nur, dass er brav war und möglichst nicht auffiel.

Tim überlegte kurz, ehe er antwortete: »Alle ärgern mich immer bloß oder machen mir Vorschriften. Egal, was ich tue, meinen Eltern kann ich es nie recht machen. Und in der Schule habe ich auch keine Freunde. Die anderen Kinder sind entweder gemein zu mir und ärgern mich, oder sie wollen nichts mit mir zu tun haben.«

»Was meinst du, woran das liegt?«, hakte Heike nach.

Was soll die blöde Frage?, dachte er genervt. Er wollte sich darüber keine Gedanken machen, wollte nicht reden. Am liebsten hätte er jetzt einen Fußball mit voller Wucht gegen eine Mauer gedroschen oder etwas kaputt gemacht. Der Drang war so stark, dass er ihn kaum bezwingen konnte. Dennoch versuchte er sich zusammenzureißen, auch wenn er das Gefühl hatte, innerlich jeden Moment zu explodieren.

Als Heike ihre Frage wiederholte, war das der Tropfen, der das Fass in ihm zum Überlaufen brachte. »Ist mir egal!«, brüllte er. »Die anderen können mich alle mal!« Er drehte sich um und trat gegen die Sprossenwand, so lange, bis er keine Kraft mehr hatte.

Danach ließ er sich auf den Boden fallen, sank in sich zusammen, blieb reglos sitzen und starrte ins Leere. Als er sah, dass Heike auf ihn zukam, funkelte er sie wütend an und drehte sich weg. Nicht schon wieder anfassen, dachte er bloß.

Zum Glück verstand sie die Geste und blieb auf Abstand. Nur den Gefallen, den Mund zu halten, tat sie ihm nicht.

»Hast du dir schon mal überlegt, dass es damit zusammenhängen könnte, wie du auf andere Menschen zugehst?«, trieb sie ihn erneut in die Enge.

Panik überkam ihn, und für einen Moment war er drauf und dran, einfach aus dem Raum zu rennen. Dann schüttelte er den Kopf und sagte trotzig: »Nein.«

Fast eine Minute lang herrschte Stille. Das verunsicherte ihn, er wusste nicht, was er tun sollte. Er sah, dass Heike überlegte, was ihn zusätzlich nervös machte. Was, wenn sie ihn gleich hinauswarf und ebenfalls nichts mehr mit ihm zu tun haben wollte? Bitte nicht! Sie war der einzige Mensch, der halbwegs verstand, was in ihm vorging. Das Brennen in seiner Brust, das er von einem Augenblick auf den nächsten verspürte, ließ ihn scharf Luft holen.

Just in dem Moment rückte die Ergotherapeutin mit einem Vorschlag heraus, der den Neunjährigen komplett verwirrte. »Versprichst du mir, dass du bis zu unserer nächsten Stunde mal darüber nachdenkst, wenn ich dir jetzt zeige, wie sehr die Reaktionen der anderen von deinem eigenen Verhalten abhängen?«, fragte sie und lächelte ihn dabei zuversichtlich an.

Tim zuckte erst mal nur mit den Achseln. In ihm rang die Neugier mit der Wut – und gewann die Oberhand. »Meinetwegen«, sagte er so gelangweilt wie möglich.

Zu seiner Überraschung ging Heike mit den Worten »Warte hier, ich bin gleich wieder da« einfach hinaus und ließ ihn alleine sitzen.

Die Minuten vergingen, nichts geschah. Als Tim zunehmend langweilig wurde, ging er zu dem Regal mit den durchsichtigen Plastikboxen hinüber und zog sie eine nach der anderen heraus. Er inspizierte den Inhalt und fragte sich, wozu die bunten Kegel wohl gut waren.

Da ging die Tür auf, und Heike kam mit Kater Flo auf dem Arm wieder herein. Sie nahm das giftgrüne Kissen von dem Stuhl neben der Sprossenwand und legte es auf den Teppich. Vorsichtig setzte sie den Kater darauf ab, ließ sich daneben im Schneidersitz nieder und klopfte neben sich auf den Boden.

»Komm her, Tim. Setz dich zu uns.« Sie sah ihn aufmunternd an und winkte ihn her. »Versuch dich möglichst langsam und vorsichtig zu bewegen, damit du Flo nicht verschreckst. Ich verspreche dir, er bleibt liegen.«

Ungläubig starrte der Neunjährige den Kater an, der ihn ebenfalls nicht aus den Augen ließ. Heike hatte das

Tier inzwischen losgelassen, und Tim rechnete jeden Moment damit, dass der Kater die Flucht ergriff. Doch dem war nicht so.

»Wenn du magst, dann rede mit ihm«, ermunterte Heike den Jungen. »Vielleicht antwortet er dir ja. Flo ist nämlich sehr gesprächig.«

»Was soll ich denn sagen?«, fragte Tim irritiert. Er hatte noch nie mit einer Katze gesprochen.

Darauf erwiderte Heike: »Was immer du möchtest. Du kannst ihn begrüßen und ihm sagen, dass du dich freust, wenn er hierbleibt. Oder du erzählst ihm was von dir. Wichtig ist vor allem, dass deine Stimme freundlich klingt, das spürt er nämlich. Dann weiß er, dass du ihm nichts Böses willst, und hat keine Angst.«

»Ach so«, meinte Tim nur, sagte sonst aber nichts. Stattdessen hielt der den Blick starr auf den Kater gerichtet, während er sich den beiden näherte.

Er gab sich wirklich Mühe, vorsichtig zu sein und das Tier nicht zu verschrecken. Als er nur noch einen Schritt von dem grünen Kissen entfernt war, stolperte er über seine eigenen Füße und ruderte mit beiden Armen, um nicht hinzufallen. Fluchend fand er das Gleichgewicht wieder, doch als er sich endlich hinsetzen wollte, war der Kater verschwunden.

»Wo ist Flo?«, fragte er verwirrt.

Heike hob bedauernd die Hände. »Der hat gerade den Schreck seines Lebens bekommen und sich hinter einem Regal versteckt.«

»Siehst du?«, brauste Tim auf. »Ich hab's gewusst,

dass er nicht dableibt. Du hast mich angelogen.« Die Enttäuschung stand ihm ins Gesicht geschrieben.

»Aber nicht doch!«, entgegnete Heike. »Er hat sich bloß erschreckt, als du gestolpert bist. Warte, er kommt sicher gleich wieder raus.« Sie ging zum Regal und fing an, den Kater zu locken. »Flo, komm raus. Na, komm schon, mein Lieber. Alles ist gut.«

»Stimmt gar nicht!«, brüllte Tim. »Nichts ist gut! Und der Kater mag mich nicht, wie ich's dir gesagt habe. Niemand mag mich!« Damit stürmte er an ihr vorbei aus dem Raum.

Draußen auf dem Flur hätte er fast seinen Vater umgerannt, der in Hut und Mantel vor ihm stand und offenbar statt seiner Mutter gekommen war, um ihn abzuholen. Entgeistert sah er Tim an, der fast in ihn hineingelaufen wäre.

Raus, nur raus hier, dachte der Junge und rannte in Richtung des Wartezimmers.

»Frau Keppler, was haben Sie denn mit meinem Sohn gemacht? Das geht so aber nicht«, hörte Tim ihn noch poltern, dann war er auch schon draußen im Treppenhaus.

Dämlicher Kater!, dachte er aufgebracht, hier komme ich nicht mehr her. Die kühle Luft, die ihm durch die offenstehende Haustür entgegenschlug, kühlte sein hitziges Gemüt. Ihn fror, weil er ohne Jacke aus der Praxis gelaufen war, doch es war ihm zu peinlich, zurückzugehen und sie zu holen. Sein Vater würde sie hoffentlich mitbringen. Mit der Kälte kamen die Selbstzweifel und Vorwürfe.

Ich habe alles vermasselt, dachte er niedergeschlagen. Wieder einmal!

Kater Flo verstand die Welt nicht mehr. Er wusste ganz genau, dass Herr Scheuermann zu Hause war, er hatte Shamilas Futterbeschaffer mehrmals laut husten hören. Zum vierten Mal an diesem Tag hatte er sich nun schon die Treppe in den dritten Stock hinaufgequält und höflich um Einlass gebeten – vergeblich. Noch einmal kratzte er an der Tür und miaute, so laut er konnte. Komisch! War der Rentner etwa über Nacht taub geworden?

Der Kater hatte den Gedanken noch nicht zu Ende gedacht, da ertönte auf der anderen Seite erst ein lautes »Ksch-ksch«, dann ging die Tür auf, und Herr Scheuermann blaffte: »Du ruinierst mir noch das ganze Holz! Hau ab!«

Weil er sich nicht sicher war, ob er den Satz wirklich ernst nehmen sollte, setzte Flo sich erst mal hin und fing an, sich zu putzen. Dreimal hintereinander fuhr er sich mit der Vorderpfote über das rechte Ohr, dann schleckte er sie gründlich ab und setzte erneut an. Irgendwann hielt er inne, sah den alten Mann mit in der Luft schwebender Pfote aus großen Augen an und schien ihn stumm zu fragen: Was habe ich dir denn getan?

Da erschien Shamila hinter dem Rentner im Flur und warf Flo einen einladenden Blick zu. Die Augen fest auf den Besucher gerichtet, strich sie am Schuhschrank entlang und rieb den Kopf immer wieder an der Kante, wobei sie leise miaute. Da der Kater die Aufforderung der Birmakatze als Revierinhaberin höher schätzte als die Ablehnung ihres Futteranreichers, maunzte er freudig und wollte dem Rentner durch die Beine flitzen. Unerwartet reaktionsschnell streckte Herr Scheuermann einen Fuß aus und drängte Flo zurück. Kaum hatte er den Kater wieder auf die Fußmatte befördert, schlug er die Tür zu.

Fassungslos saß Kater Flo da. Was hatte das zu bedeuten? Nie mehr an Shamila gekuschelt auf der Fernsehdecke dösen? Nie mehr Herrn Scheuermann als Schubberbalken und Leckstein in Anspruch nehmen dürfen? Nie mehr Hühnchen in Gelee?

Er hatte der Birmakatze und ihrem Mitbewohner in letzter Zeit täglich einen Besuch abgestattet und sich bei den beiden immer sehr wohlgefühlt. In Windeseile hatte er die beiden ins Herz geschlossen und war davon ausgegangen, dass die Sympathie auf Gegenseitigkeit beruhte – und zwar nicht nur bei Shamila, sondern auch bei Herrn Scheuermann. Abgesehen davon traf er als Europäisch Kurzhaar seine Entscheidungen immer noch selbst und ließ sich nicht per Fußtritt aus dem Leben seiner bevorzugten und zudem gerade erst eroberten Katzendame befördern! Erst recht nicht, wenn er überlegte, wie viele bei Eiseskälte gefangene Mäuse es ihn gekostet hatte, um sich Shamilas Vertrauen zu verdienen.

Nachdem er eine gute Stunde vergeblich darauf gewartet hatte, dass der Rentner es sich noch mal anders überlegte, wandte er sich enttäuscht ab und trottete mit hängenden Ohren und eingezogenem Schwanz die Stufen wieder in den ersten Stock hinunter. Er schlüpfte durch die Katzenklappe und verzog sich hinters Sofa, wo er sich flach ausstreckte, den Rücken an der Wand. So döste er nach einer Weile ein.

Olafs vertraute Stimme holte ihn irgendwann aus dem Land der Katzenträume zurück.

»Na, Kumpel, keinen Hunger heute?«, fragte sein Lieblingsmensch, der ihn hinter dem Sofa aufgespürt hatte und ihm vorsichtig über den Rücken streichelte.

Der Kater reckte sich und schüttelte den Kopf, um das letzte bisschen Schlaf zu vertreiben, dann stand er auf und machte einen Buckel. Nicht nur, dass Flo in letzter Zeit viel fester schlummerte als früher und längst nicht mehr bei jedem Geräusch aufwachte, auch seine innere Uhr, die die Nahrungsaufnahme steuerte, funktionierte nicht mehr so präzise und ging gelegentlich ein Stündchen nach. Während er früher pünktlich um zwölf Uhr in der Küche erschienen war und sein Mittagessen eingefordert hatte, konnte es nun durchaus vorkommen, dass er um kurz vor eins immer noch schlafend dalag.

Einmal wach, meldete sich jedoch der Hunger mit Nachdruck, und Flo drängte auf schnelle Abhilfe. Wie ein geölter Blitz schoss er daher in die Küche, so dass Olaf kaum hinterherkam.

»He, nicht so schnell! Ich muss das Hühnerfleisch erst noch kleinschneiden.«

Während Olaf sein verführerisch duftendes Mittagessen auf der Küchenarbeitsplatte mit dem Messer bearbeitete, strich Flo ihm um die Beine. Dabei maunzte er unaufhörlich, um seinen Lieblingsmenschen zur Eile anzutreiben, und setzte sich immer wieder vor ihn hin, um ihn auffordernd anzustarren. Wie lange das heute wieder dauerte!

Zu allem Übel klingelte auch noch das Telefon, und Olaf hielt es allen Ernstes für angebracht, den Handapparat zu suchen, um ranzugehen. Das war nun wirklich zu viel für den hungrigen Kater, und er warf sich dem Zweibeiner in den Weg. Prompt stolperte Olaf über ihn, konnte sich aber im letzten Moment am Türrahmen festhalten. Bis er sich aufgerappelt und das Telefon gefunden hatte, war das Läuten verklungen.

Statt zu schimpfen, lachte Olaf jedoch nur und sagte: »He, mach hier nicht einen auf halb verhungert. Das nehme ich dir nicht ab. Zufällig war ich dabei, als du Heike heute Morgen einen Nachschlag abgebettelt hast.«

Flo bemühte sich um eine möglichst unbeteiligte Miene. Was scherte ihn sein Gebettel von heute Morgen? Jetzt war jetzt, und jetzt hatte er Hunger. So einfach war das.

Endlich beugte sich Olaf herunter, um den gefüllten Napf vor den Kater hinzustellen. Der stürzte sich auf das Futter, als hätte er seit vier Wochen nichts zu fressen bekommen. Wenn man nicht zu seiner Katzendame durfte, konnten einem vier Stunden schon mal wie vier Wochen vorkommen.

Gerade als Flo dabei war, die letzten Bissen herunterzuschlingen, um sich danach mit Hingabe dem Ausschlecken der Schüssel zu widmen, kam Heike herein. Mit einem Stöhnen ließ sie sich auf einen Stuhl fallen und stützte den Kopf in die Hände. Olaf ging zu ihr, und die beiden begannen leise zu reden. Da der Kater spürte, dass es Heike nicht gut ging, sprang er ihr auf den Schoß und begann ihre Hand zu lecken.

»Danke, mein Guter«, sagte sie und kraulte ihn am Kinn.

Sofort fing er an zu schnurren und schmiegte sich noch ein bisschen enger an sie.

Kater Flo lauschte aufmerksam, während sich die beiden über Tim und Herrn Scheuermann unterhielten. Vor allem der Streit mit dem Nachbarn machte Heike, die ein überaus friedliebender und harmoniebedürftiger Mensch war, schwer zu schaffen. Als Olaf ihr vorschlug, den Rentner um eine Aussprache zu bitten, winkte die Ergotherapeutin nur ab.

»Das bringt doch nichts«, sagte sie.

Dann ging es um den Krankenkassenverband, irgendwelche Lizenzen und anderen Behördenkram, den Flo nicht verstand, und er stellte die Ohren auf Durchzug. Der Kater wollte sich gerade zu einem Nickerchen ins Schlafzimmer zurückziehen, schließlich musste er die Chance nutzen, dass die Tür nicht richtig zu war, da stand Olaf mit einem Ruck auf.

»Ich gehe da jetzt hoch und rede mit Herrn Scheuermann«, sagte er mit Nachdruck und war schon halb aus der Tür.

»Nein!« Heike sprang auf und versuchte ihn am Arm festzuhalten.

Olaf drehte sich noch mal zu ihr um. »Doch. Bleib du ruhig hier, ich regele das.«

Als der Name des Rentners gefallen war, hatte Flo sofort wieder die Ohren gespitzt. Das Schauspiel wollte er sich nicht entgehen lassen, außerdem ergab sich eventuell eine Gelegenheit, zu Shamila vorzudringen. Er folgte Olaf also in den dritten Stock und nahm geduldig auf der Fußmatte Platz, bis auf ihr Klingeln hin in dem Flur hinter der Tür Schritte zu hören waren. Wie gebannt starrte der Kater auf das Guckloch, hinter dem es erst kurz hell und dann dunkel wurde. Flo fühlte sich von dem Guckloch beobachtet, aber das war nur so ein Gefühl. Schließlich hatten Türen keine Augen … oder etwa doch?

»Was wollen Sie hier?«, drang eine Stimme gedämpft durch das Holz.

Eindeutig Herr Scheuermann, diagnostizierte Flo.

»Verschwinden Sie gefälligst!«

»Lieber Herr Scheuermann, lassen Sie uns doch noch mal über die ganze Sache reden. Frau Keppler ist sehr daran gelegen …«, setzte Olaf an.

»Den lieben Herrn Scheuermann können Sie sich sparen. Da gibt's nichts zu reden. Ich habe die Nase gestrichen voll von Frau Keppler und ihrer lauten Kundschaft. Ihr jungen Leute glaubt wohl, ihr könnt euch alles erlauben. Aber nicht mit mir. Nicht mit mir!«

Mit mir aber auch nicht, dachte Flo und warf sich mit Anlauf gegen die Tür, die sich entgegen seiner Erwartung keinen Millimeter bewegte. Hastig schleckte er sich über das Fell auf dem Rücken, um von dem

Misserfolg abzulenken, und bezog wieder Position auf der Fußmatte.

Nachdem Olaf noch zweimal geläutet hatte, wandte er sich zu dem Kater um. »Ich glaube, wir sollten das Feld räumen, Kumpel. Wir verschwenden hier bloß unsere Zeit.«

Flo wunderte sich, wie schnell Menschen aufgaben. Was Geduld anging, konnten sie Katzen einfach nicht das Wasser reichen. Dafür legten sie eine äußerst beachtliche Ausdauer an den Tag, wenn sie mal in Streit gerieten. Selbst Wochen, manchmal gar Monate später waren sie noch mit längst vergangenen Begebenheiten beschäftigt und zerbrachen sich die Köpfe mit Dingen, die man ohnehin nicht mehr ändern konnte.

Überhaupt mussten Menschen immer alles so kompliziert machen. Andauernd sagten sie einem, was man zu tun und zu lassen hatte, sie bewerteten einander und warfen sich gegenseitig irgendwelche Vergehen vor – als könnten sie von ihren eigenen Fehlern ablenken, indem sie bei anderen möglichst viele davon fanden. Als wäre das nicht mehr als genug, versuchten sie auch noch, sich gegenseitig zu erziehen, und moserten über das Verhalten ihrer Mitmenschen, anstatt sich um ihr eigenes Revier zu kümmern und es in Ordnung zu halten. Als wäre das alles nicht genug, waren sie auch noch bei jeder Kleinigkeit sofort beleidigt. Genau wie Herr Scheuermann.

Katzen fochten ihre Revierkämpfe zwar auch unbarmherzig aus und kannten mit ihren Rivalen keine Gnade, aber sie waren nicht nachtragend. Eine Katze lebte im Hier und Jetzt und war mit ihren Gedanken ganz in dem Moment, den sie gerade erlebte.

Menschen dagegen redeten ständig von früher oder von der Zukunft und ärgerten sich oft noch tage-, wochen- oder gar jahrelang über Dinge, die längst passé waren und die man im Nachhinein ohnehin nicht ändern konnte.

Was für eine Energieverschwendung, dachte Flo und trat gemeinsam mit Olaf den Rückzug an.

7.

Heike konnte die Tränen nicht länger zurückhalten. Sie lag im Wohnzimmer auf dem Sofa, vergrub den Kopf in einem der Zierkissen und schluchzte aus tiefstem Herzen. Normalerweise brachte sie nichts so leicht aus der Fassung, aber in den letzten Tagen war wirklich sehr viel zusammengekommen. Erst das Ultimatum von Tims Vater, der ohne mit der Wimper zu zucken bereit war, mehrere Monate Arbeit in die Tonne zu treten, und nun auch noch der Ärger mit dem Nachbarn. So anstrengend sie die neugierige Frau Burgmüller auch manchmal gefunden hatte, sie würde die alte Dame mit Handkuss zurücknehmen und gegen diesen Dauerbeschwerdeführer eintauschen. Nicht mal Olaf, der sich auf Mediation und Konfliktbewältigung verstand, hatte gestern etwas ausrichten können. Mit einer Wohnungstür ließ es sich nun mal schlecht diskutieren.

Am meisten belastete sie jedoch die Tatsache, dass sich ihre schlechte Stimmung auch auf die Arbeit niederschlug. Normalerweise war die pflichtbewusste Ergotherapeutin, die sich für das Wohl ihrer kleinen Patienten über die Maßen engagierte, in jeder einzelnen Stunde voll konzentriert bei der Sache. Doch seit ein paar Tagen hatte sie ihre Sinne nicht mehr ganz beisammen, und ihr unterliefen andauernd Fehler. Hauptsächlich waren es Kleinigkeiten wie ein verwechselter Termin oder ein nicht auffindbares Rezept, was nicht weiter schlimm war, aber gestern erst hatte sie Luisa wehgetan, als sie das gesunde Bein des Mädchens überdehnt hatte, weil sie nicht ganz bei der Sache war. Zwar hatte Luisa mehrfach beteuert, dass es nicht weiter tragisch sei, dennoch ärgerte sich Heike, die sehr hohe Ansprüche an sich selbst stellte, über solche Zwischenfälle und machte sich Vorwürfe. Sogar Olaf hatte ihre schlechte Laune schon zu spüren bekommen, ihr Murren aber zum Glück mit Humor genommen.

Mit dem Handrücken wischte sie sich die Tränen von den Wangen und stand auf, um sich einen Tee zu kochen. Kater Flo, der sich auf dem Sofa besonders eng an sie gekuschelt hatte, als wollte er sie trösten, folgte ihr in die Küche. Es war Samstagnachmittag, einen Tag vor dem vierten Advent, und Olaf traf sich mit einem ehemaligen Kollegen von der Polizei zum Glühweintrinken auf dem Weihnachtsmarkt. Heike hatte die Stunden eigentlich nutzen wollen, um die Wohnung auf Vordermann zu bringen, und anschließend nachkommen wollen, aber ihr war jegliche Lust auf Gesellschaft vergangen.

Während der Tee zog, suchte sie nach ihrem Handy und wählte die Nummer ihres Freundes, um ihm abzusagen. Trotz seiner Überredungsversuche blieb sie standhaft bei ihrem Nein, wobei sie sich nach Kräften bemühte, die erneut aufsteigenden Tränen zu unterdrücken und ihrer Stimme einen fröhlichen Klang zu geben.

Dass es ihr keineswegs so überzeugend gelungen war, wie geglaubt, machte ihr Olaf klar, der keine Stunde später vor ihr stand, ein Schraubglas mit frischer Hühnersuppe, eine Ausgabe ihrer Lieblingszeitschrift und eine Flasche Entspannungsbad mit Rosenduft in den Händen.

»Was machst du denn hier?«, begrüßte sie ihn verblüfft. Sie starrte ihn an, als hätte sie eine Erscheinung.

»Du bist eine schlechte Schauspielerin«, sagte er nur, ohne auf die Frage einzugehen, und deutete auf die benutzten Taschentücher neben ihr auf dem Sofa.

»Wieso?« Die Frage klang leicht gereizt, während Heike die Tempos hektisch zusammensammelte.

Olaf stellte die mitgebrachten Sachen auf dem Couchtisch ab, während er sie mit besorgter Miene beobachtete. »Der Kavalier stellt betrübt fest, dass die Freude über seine Anwesenheit und die mitgebrachten Gaben in unmittelbarer Nähe des Nullpunkts rangiert«, sagte er mit getragener Stimme.

Wider Willen musste Heike lachen. »Geh weg, ich sehe hässlich aus«, sagte sie dann und rieb sich verlegen übers Gesicht.

»Erstens stehe ich auf hässliche Frauen, und zweitens habe noch nie eine liebenswertere Person mit roter Nase und verweinten Augen gesehen«, sagte er, beugte sich zu ihr herunter und gab ihr einen Kuss auf die Wange.

»Lass das!« Sie wandte sich von ihm ab.

Daraufhin ließ er sich neben sie auf das Sofa sinken und zog sie in eine Umarmung. Erst wehrte sie sich noch und versuchte ihn wegzuschieben, aber er drückte sie nur fester an sich, und irgendwann legte sie den Kopf an seine Schulter und versuchte nicht länger, sich zu beherrschen. Mit den Tränen floss auch die Anspannung der letzten Wochen aus ihrem Körper, bis sie schließlich eine tiefe, nicht unangenehme Leere verspürte.

Heike wusste nicht, wie lange sie schon reglos dagesessen hatte, den Kopf immer noch an Olafs warmen Wollpulli geschmiegt, als er sie behutsam von sich schob und ihr in die Augen sah. Seine Miene war ernst, und im ersten Moment erschrak sie darüber.

»Heike, ich mache mir Sorgen um dich. Du kannst dich nicht für deine Patienten halb tot arbeiten. Wenn du alles so weiterlaufen lässt, brichst du irgendwann zusammen. Du brauchst Pausen, du musst auch mal abschalten. Selbst in deiner Freizeit denkst du noch über die Kinder nach, das geht so nicht«, sagte er mit Nachdruck.

»Erzähl du mir nicht, was ich zu tun habe. Was weißt du denn schon über meine Arbeit?«, hielt sie dagegen und verschränkte beleidigt die Arme vor der Brust. Auf einmal fühlte sie sich nicht mehr von ihm verstanden, sondern angegriffen.

Olaf versetzte ihr einen zärtlichen Nasenstüber. »Jetzt werd nicht gleich bockig. Ich habe vielleicht keine Ahnung von deinem Job, dafür kann ich sehr wohl erkennen, dass du dir zu viel zugemutet hast. Dafür brauche ich keine medizinische Fachausbildung.«

Heike schnaubte. »Danke, Mister Oberschlau, das weiß ich selbst.«

»Du wirst es doch nicht etwa zugeben wollen?« Olaf feixte.

»Deine Ironie kannst du dir sparen«, fuhr sie ihn an. »Damit ist mir nicht geholfen. Was soll ich denn machen? Soll ich nach Feierabend die Probleme einfach ausknipsen und so tun, als wäre alles in Butter? Willst du, dass mir das Schicksal von jemandem wie Tim egal ist? Wäre dir an meiner Stelle schnuppe, was aus dem Jungen wird? Die letzte Stunde mit ihm war schrecklich, und das bedeutet, Herr Gärtner macht seine Drohung wahr und schickt Tim weg. Soll ich da tatenlos zusehen?« Sie redete sich in Rage und merkte selbst, dass sie mit jedem Satz lauter wurde.

Olaf hatte den Nagel auf den Kopf getroffen, es war alles zu viel. In dem Bemühen, es jedem recht zu machen und anderen um jeden Preis zu helfen, hatte sie sich selbst und ihre eigenen Bedürfnisse zunehmend hintangestellt, hatte sie das Wohlbefinden ihrer Patienten über ihre eigene Gesundheit gestellt. Ausgerechnet sie als Ergotherapeutin müsste doch in der Lage sein, besser für sich zu sorgen.

»Natürlich nicht!«, riss Olaf sie mit seiner Antwort aus ihren Gedanken. »Trotzdem hat niemand etwas davon, wenn es dir nicht gut geht. Dann kannst du anderen nämlich auch nicht helfen.«

»Ich weiß.« Diesmal klang es ganz kleinlaut.

Kater Flo, der die ganze Zeit über ruhig dagelegen und geschlafen hatte, rekelte sich und setzte sich auf. Mit einem vorwurfsvollen Miau wies er die beiden darauf hin, dass allmählich Zeit fürs Abendessen war. Ende der Diskussion, schien er sagen zu wollen, Essen ist wichtiger als Reden.

Nach einem Blick auf ihre Armbanduhr sagte Heike: »Recht hast du, dich zu beschweren«, und streichelte ihm übers Fell. Sie stand auf und griff nach dem Schraubglas mit der Suppe. »Ich bekomme auch allmählich Hunger. Danke dir, mein Schatz«, fügte sie an Olaf gewandt hinzu.

Bis sie in die Küche kam, saß Flo schon vor seinem Napf und versuchte, ihn mittels Anstarren dazu zu bewegen, dass er sich von allein füllte.

Heike musste spontan lachen. »Ist ja gut, ich beeile mich ja schon.« Damit füllte sie erst die Katzenschüssel und schüttete dann die Suppe in einen Topf, um sie zu erhitzen.

Als sie und Olaf sich am Küchentisch gegenübersaßen und den herzhaften Eintopf löffelten, ging es Heike schon viel besser. Die Suppe wärmte nicht nur von innen, sie schien auch sämtliche Lebensgeister zu wecken und ihr neue Kraft zu geben.

»Echt lecker«, sagte Heike. »Ich glaube, du hast Talent … als Versorger.«

»Es freut mich, wenn es dir schmeckt«, sagte Olaf und fügte hinzu: »Aber was können wir tun, damit du mir vor Weihnachten nicht noch zusammenbrichst?«

Heike winkte ab. »Ach, die eine Woche werde ich schon noch durchalten.«

»Mööööp«, imitierte Olaf ein Hupsignal, als hätte Heike in einem Fernsehquiz die falsche Antwort gegeben.

»Was?«

Er schüttelte den Kopf. »Es ist mir ernst. Kann ich dich irgendwie unterstützen? Wie wäre es, wenn ich mich wegen der Anmeldung der Praxis schlau mache und noch mal mit Herrn Scheuermann rede? Dafür überlegst du dir, welche Termine nicht ganz so dringend sind. Die versuchst du dann aufs neue Jahr zu verschieben. Okay?«

»Das geht n…«, rief sie sofort und hätte sich fast an der Suppe verschluckt.

»Das geht sehr wohl. Wenn du willst.«

Olaf ließ so lange nicht locker, bis sie gemeinsam einen Plan ausgetüftelt hatten, um die letzten Arbeitstage in diesem Jahr zu entzerren. Es kostete Heike einiges an Überwindung, aber sie sah selbst ein, dass sie Pausen brauchte, um sich zu erholen, um für ihre Patienten voll und ganz da sein zu können.

Als der Plan stand, fiel sie ihrem Freund um den Hals.

»Danke, du bist der Beste!«, sagte sie und küsste ihn.

Da fiel ihr Blick auf Flo, der vor der Küchenanrichte auf dem Boden saß und sie aufmerksam beobachtete. »Du bist natürlich der Allerbeste«, fügte sie mit einem breiten Grinsen hinzu. »Schließlich habe ich diesen tollen Mann allein dir zu verdanken. Nicht wahr?«

Irrte sie sich, oder hatte der Kater gerade genickt?

Ja, es fühlte sich nach wie vor gut an.

Cornelia Gärtner trat aus der Dusche und wickelte sich in das Saunahandtuch in Übergröße, das fast zweimal um ihren Körper passte. Ihre Haut war vom warmen Wasser gerötet und brannte, als sie die Arme und Beine kräftig abrubbelte. Nachdem sie die dritte Nacht hintereinander vor Sorge um Tim kein Auge zugetan hatte, während Werner neben ihr gefühlte sieben Kubikmeter Bretter in Kleinholz verwandelte, hatte sie um drei Uhr morgens einen Entschluss gefasst. Das war neu und ungewohnt, Entscheidungen überließ sie nämlich zumeist ihrem Mann. Daher war sie ein bisschen unsicher, auch wenn ihr Bauch ihr sagte, dass es richtig war.

Jetzt war es kurz nach zehn. Werner war längst in der Bank und Tim in der Schule. Cornelia Gärtner hatte sich nach dem Frühstück noch mal hingelegt und zwei Stunden wie ein Stein geschlafen. Wenn sie sich nicht den Wecker gestellt hätte, wäre sie jetzt sicher immer noch im Land der Träume, doch so kurz vor Weihnachten gab es eine lange Liste an Dingen zu erledigen, und sie konnte es sich nicht leisten, einen halben oder gar ganzen Tag auszufallen.

Mit der Ankündigung, Tim in der Förderschule anmelden zu wollen, hatte Werner letzte Woche etwas in ihr in Gang gesetzt. Erst hatte eine Panikattacke sie übermannt, dann war ihr Kampfgeist erwacht, und nach einigen Tagen hatten ihre Muttergefühle die Oberhand über ihren Anspruch an sich selbst gewonnen, eine gute, funktionierende Ehefrau zu sein.

Bisher hatte sie immer versucht, zwischen Tim und ihrem Mann zu vermitteln und die Wogen zu glätten, wenn es zwischen den beiden mal wieder gekracht hatte. Stets war sie darum bemüht, sich auf keine Seite zu schlagen. Das war nun anders. Tim brauchte ihre Loyalität, sie durfte ihn nicht im Stich lassen. Sie würde ihr Kind nicht aufgeben. Sie würde es schon gar nicht abschieben. Niemals!

Die Zeiten waren nicht einfach, und sie waren mit Tim komplett überfordert, aber die Verantwortung für den Jungen immer nur fremden Menschen zu übertragen, war nicht die Lösung. Werner wird eine völlig neue Seite an mir kennenlernen, dachte sie und reckte den Kopf, während sie in eine bequeme Hose und einen Strickpulli aus Merinowolle schlüpfte. Ich habe viel zu lange die Füße stillgehalten. Jetzt ist es genug.

Eine halbe Stunde später hatte sie die Telefonnummer der Leiterin der Selbsthilfegruppe für Eltern von der ADHS-Initiative in der nächstgrößeren Stadt im Internet recherchiert und nahm den Hörer zur Hand. Während es tutete, hielt sie den Atem an, so angespannt war sie, doch kaum hatte sich Susanne Herder am anderen Ende der Leitung gemeldet, fiel alle Aufregung von ihr ab. Die Frau war ihr sofort sympathisch, daher machte es ihr entgegen ihrer Befürchtung nichts aus, einer Fremden ihr Herz auszuschütten.

»Bitte verstehen Sie, dass ich Ihnen, was den Wechsel Ihres Sohnes auf eine Förderschule angeht, keine Empfehlung aussprechen kann oder darf«, sagte Frau Herder, nachdem Cornelia Gärtner geendet hatte.

»Aber ich will Ihnen gerne einige Argumente an die Hand geben, die Ihnen das Abwägen von Pro und Contra erleichtern werden.«

»Natürlich, vielen herzlichen Dank«, sagte sie, auch wenn sie ein klitzekleines bisschen enttäuscht war, da sie sich insgeheim erhofft hatte, dass die Frau sie in ihrer Position bestärkte, weil sie dann Werner besser und selbstsicherer hätte entgegentreten können.

»Die Betroffenen können sich in der Regel nur schwer auf neue Situationen einstellen und reagieren oft sehr stark auf Veränderungen. Neue Orte und Menschen bedeuten zusätzlichen Stress, der abgebaut werden muss.«

»Das klingt einleuchtend«, erwiderte Cornelia Gärtner. »Aber kann es nicht auch eine Chance für einen Neuanfang sein? Tim hat in der Schule große Probleme mit einigen Klassenkameraden, die ihn schikanieren«, schob sie eines der Hauptargumente ihres Mannes hinterher, für das sie dringend noch eine Gegenposition brauchte. »Wäre es für ihn denn nicht gut, wenn er woanders neue Freundschaften schließen könnte, mit Kindern, die nichts über ihn wissen und ihm unbefangen entgegentreten? Dann verliert er vielleicht seine Scheu.«

»Das klingt erst mal sehr verlockend, hat sich in der Praxis aber als eine Wunschvorstellung entpuppt, die nur selten der Realität nahe kommt«, gab Frau Huber zu bedenken.

Cornelia Gärtner war erleichtert. Das sprach doch eindeutig gegen einen Wechsel. »Die einzige Person, der unser Junge halbwegs vertraut, ist Frau Keppler, seine Ergotherapeutin. Die Dame ist wirklich extrem engagiert und bemüht sich sehr um ihn. Da ist es doch sicher sinnvoll, die Therapie mit ihr fortzusetzen, oder?«

Beim Gedanken an Heike Keppler überkam sie sofort ein schlechtes Gewissen. Sie hatte der Frau am Telefon ganz schön zugesetzt, und dabei stand sie noch nicht mal hinter dem, was sie da gesagt hatte. Werner hatte ihr diesen Anruf aufgetragen, es waren seine Worte gewesen, nicht die ihren. Aber damit war nun endgültig Schluss.

Mit ihrer Antwort holte die Leiterin der Selbsthilfegruppe Cornelia Gärtner in die Gegenwart zurück. »Wenn Sie eine Therapeutin gefunden haben, der Ihr Sohn vertraut, ist das sehr viel wert. Es kann mehrere Monate, wenn nicht gar über ein Jahr dauern, bis wer anders mit dem Patienten wieder an diesen Punkt kommt. In manchen Fällen gelingt es sogar nie.«

Die beiden Frauen unterhielten sich insgesamt eine knappe halbe Stunde, und als Cornelia Gärtner auflegte, fühlte sie sich in ihrem Plan bestärkt. Sie musste Werner umstimmen, koste es, was es wolle. Frau Herder hatte ihr unter anderem noch empfohlen, bei Tims Klassenlehrer Herrn Schröder um einen Termin zu bitten, möglichst noch vor Weihnachten, und sie wollte auch Heike Keppler ein zweites Mal um Rat und Hilfe bitten. Es war ihr egal, ob ihr Mann das guthieß oder nicht, sie war gewillt, sich ihm entgegenzustellen.

Vergangene Nacht, als sie nicht schlafen konnte, hatte sie nicht zum ersten Mal mit dem Gedanken gespielt, Werner zu verlassen. Nach außen hin funktionierten sie beide sehr gut, er gab den erfolgreichen Banker, während sie die zuvorkommende Gastgeberin mimte, und nicht wenige Menschen hielten die Gärtners für ein perfektes Paar. Dass dem nicht so war, wusste kaum jemand, und bisher hatte Cornelia Gärtner den Schein bereitwillig aufrechterhalten. Auf emotionaler Ebene fand schon lange kein Austausch zwischen ihnen mehr statt, aber sie waren ein eingespieltes Team. Abgesehen davon bot das Leben an Werners Seite ihr nicht wenige Annehmlichkeiten, die sie sehr genoss, das große Haus und den in jahrelanger Arbeit liebevoll angelegten Garten, den sie sich zeit ihres Lebens gewünscht hatte. All das aufzugeben, hatte sie bisher nicht den Mut gehabt.

Mehr als vor allem anderen fürchtete sie sich davor, als alleinerziehende Mutter mit Tim, der ohne Zweifel bei ihr bleiben würde, restlos überfordert zu sein. Sie würde Vollzeit arbeiten gehen müssen, wie sollte sie dem hyperaktiven Kind da noch gerecht werden? Nicht zuletzt Timmy zuliebe war sie bisher bei Werner geblieben, doch nun hatte sie zum ersten Mal den Eindruck, sie könnte es auch alleine schaffen. Die nächsten Wochen würden es zeigen.

Die Aussicht, die Passivität hinter sich zu lassen und die Dinge endlich selbst in die Hand zu nehmen, fühlte sich jedenfalls großartig an und vertrieb jede Müdigkeit. Mit neuem Elan machte sich Cornelia Gärtner daran, die letzten Weihnachtsvorbereitungen zu treffen. Sie wollte noch mal beim Metzger anrufen und nachfragen, wann die frischen Gänse denn nun eintrafen, die letzten Weihnachtskarten waren noch zu schreiben, die Einkaufsliste für die Feiertage war noch nicht vollständig, die Blumendeko für die Festtafel musste noch bestellt werden und einiges mehr.

Kurz bevor Tim aus der Schule nach Hause kam, hatte sie tatsächlich alle Punkte bis auf einen erledigt und es sogar noch geschafft, ihm seine Leibspeise zu kochen: Pfannkuchen mit Hackfleisch-Champignon-Füllung. Damit konnte sie ihm immer eine Freude machen, und auch diesmal strahlte Tim übers ganze Gesicht, als er in die Küche kam, wo bereits ein dampfender Teller auf seinem Platz stand. Offenbar hatte er einen Vormittag ohne Zwischenfälle hinter sich und war entsprechend gut gelaunt. Wenn ihn nichts aus der Bahn brachte, war er das liebste Kind, das man sich vorstellen konnte.

»Mama, du bist die Beste!«, rief er, drückte ihr einen Kuss auf die Wange und stürzte sich auf die Pfannkuchen.

Beim Essen erzählte Tim begeistert, dass sie heute im Sachunterricht mit einem Experiment versucht hatten herauszufinden, ob Gummibärchen tauchen können, ohne nass zu werden. »Was meinst du, Mama? Können Sie es oder können sie es nicht?«

Cornelia Gärtner ließ sich von der Euphorie ihres Sohnes anstecken und rief: »Natürlich können Sie es … nicht!« Sie lachte laut.

»Falsch!«, korrigierte Tim. »Gummibärchen sind sogar spitzenmäßige Taucher. Soll ich es dir gleich mal zeigen?« Er sprang auf, zog die Süßigkeitenschublade auf und hielt ihr die Packung triumphierend entgegen. »Wart's ab, ich werde es dir beweisen.«

»Na, da bin ich mal gespannt. Aber jetzt iss erst mal, sonst wird dein Pfannkuchen kalt.«

Tim hatte den letzten Bissen noch nicht heruntergeschluckt, da stand er auch schon vorm Küchenschrank und nahm die kleine Plastikwanne heraus, um sie mit Wasser zu füllen. Er stellte ein Glas dazu und ging zu seinem Schulranzen, in dem er unter lauten Rufen herumsuchte. Kurz darauf kam er mit einem leeren Teelicht zurück, riss die Gummibärchenpackung auf, schob sich eine Handvoll Bären in den Mund und nahm dann ein rotes und ein grünes heraus. Die beiden stellte er in das Teelicht und setzte das Metallboot auf die Wasseroberfläche.

»Guck genau hin«, sagte er, stülpte das Glas vorsichtig über das Boot und drückte es unter Wasser.

»Tatsächlich!«, rief Cornelia Gärtner. »Sie können es ja doch!«

Voller Stolz befreite Tim die beiden Gummibärchen und hielt sie ihr hin. »Hier, die sind für dich.«

»Danke, mein Großer«, sagte sie gerührt und schob sich die Süßigkeiten in den Mund.

Gemeinsam leerten sie die halbe Tüte und hätten darüber fast Tims Hausaufgaben vergessen, die der Junge heute ungewohnt schnell und ohne Zwischenfälle erledigte.

Könnte es doch nur immer so entspannt mit ihm sein, dachte Cornelia Gärtner wehmütig und ließ den Blick über den Neunjährigen gleiten, der seine Schulsachen im Ranzen verstaute. Timmy ist so ein herzensguter Junge. Wenn ich ihm doch nur helfen könnte.

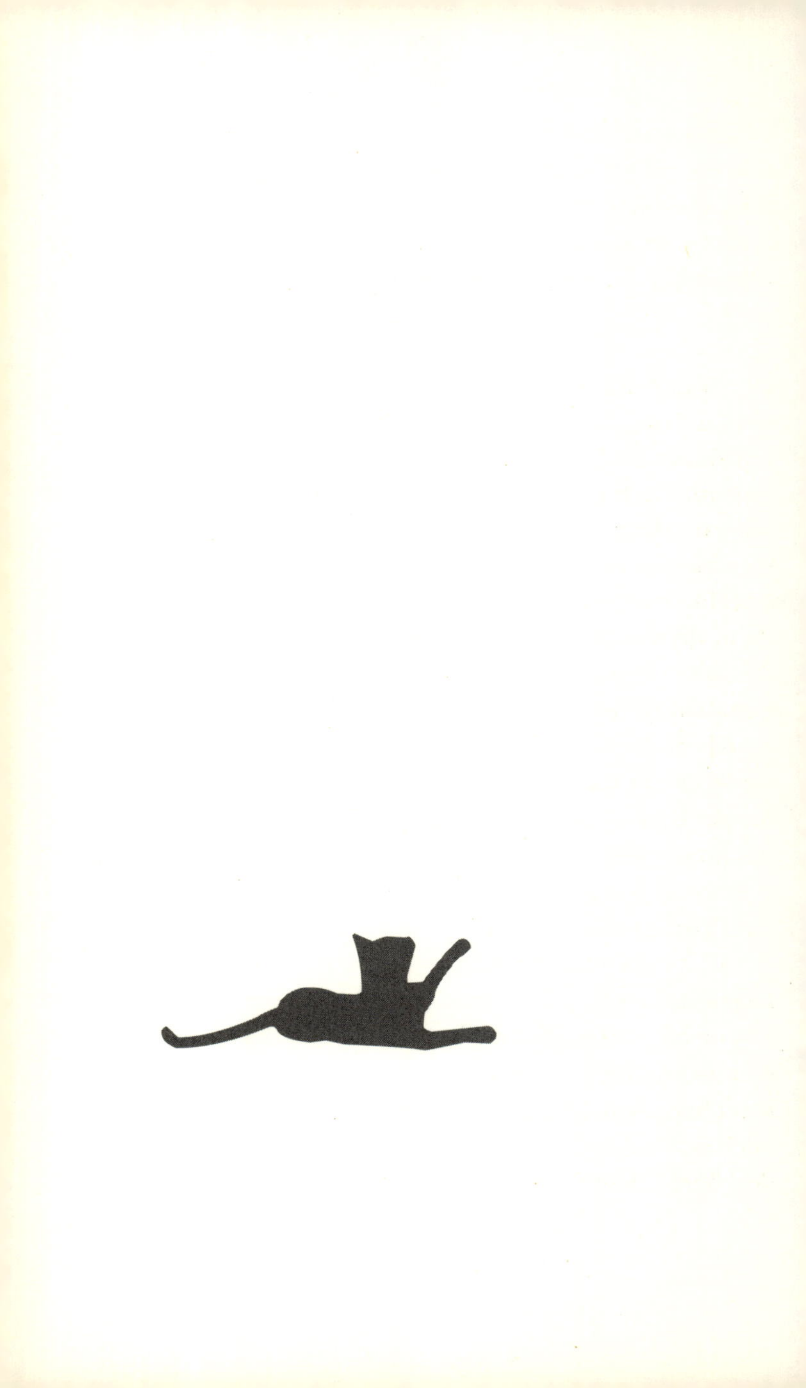

8.

Der Widerwille stand Tim ins Gesicht geschrieben, als er drei Tage vor Heiligabend in Begleitung seines Vaters durch die Tür trat. Der informierte die Ergotherapeutin auch umgehend über den Disput, den er mit seinem »Herrn Sohn«, wie er sich ausdrückte, auf dem Weg hierher gehabt hatte. Der Neunjährige hatte sich mit Händen und Füßen gegen die letzte Therapiestunde in diesem Jahr gewehrt, woraufhin Herr Gärtner ihn mit Nachdruck in seinen Wagen verfrachtet und eigenhändig hergefahren hatte.

»Ich hatte Angst, dass er meiner Frau ausbüxt«, erklärte er mit wichtiger Miene. »Zum Glück habe ich bereits Urlaub und hatte daher Zeit, mich selbst um die Angelegenheit zu kümmern.«

Er bezeichnet seinen Sohn als Angelegenheit?, überlegte Heike und sagte nur: »Oje.« Weiter kam sie nicht.

»Also, Frau Keppler, Sie wissen ja um den Ernst der Lage«, fuhr Herr Gärtner fort, ohne Luft zu holen. »Wenn Sie meinem Jungen heute nicht beibringen, wie man sich in unserer Gesellschaft zu benehmen hat, ist Ihr Therapieauftrag hiermit beendet. Dann sehe ich mich gezwungen, Tim auf der Förderschule anzumelden. Viel Erfolg!«

Damit wandte er sich um und ging hinaus, ohne sich noch mal umzudrehen.

Sprachlos starrte die Ergotherapeutin ihm nach. »Lernen Sie sich doch erst mal zu benehmen!«, hätte sie ihm am liebsten hinterhergerufen, aber sie verkniff sich den bissigen Kommentar. Es kostete sie einiges an Beherrschung und Disziplin, sich auf ihren Patienten zu konzentrieren, der betont gelangweilt vor ihr stand.

Nach diesem leicht verkorksten Anfang hatte Heike alle Mühe, Tims Aufmerksamkeit auf die Therapiestunde zu lenken. Der Junge war sichtlich aufgewühlt, entsprechend abgelenkt war er, weshalb kein Gespräch zwischen den beiden in Gang kommen wollte. Normalerweise fragte sie zu Beginn der Stunde immer ein paar Dinge ab und versuchte erst mal mit ihm ins Gespräch zu kommen, doch sie hatte nicht die geringste Chance.

»Na, Tim, worauf hast du denn heute Lust?«, versuchte sie ihn anderweitig aus der Reserve zu locken.

Er zuckte bloß die Achseln, den Blick auf den Boden gerichtet.

»Okay.« Heike überlegte kurz. »Kann ich dir mit irgendetwas eine Freude machen? Mit einem Bilderrätsel vielleicht?« Sie wusste, dass Tim die Aufgaben, bei denen man aus einer Reihe von Zeichnungen und einzelnen Buchstaben Wörter erraten muss, ganz besonders gerne mochte.

Tim steckte die Hände in die Hosentaschen und schüttelte den Kopf.

»Hast du vielleicht einen Wunsch?«

Keine Reaktion.

»Na gut.« Sie zögerte, ehe sie sagte: »Leg dich bitte in die Hängematte und schaukele ein bisschen.«

Erleichtert sah sie zu, wie der Neunjährige die Schuhe auszog und sich in das Geflecht aus Nylonschnüren sinken ließ. Sie stieß ihn an und ließ ihn erst mal schaukeln, während sie fieberhaft überlegte.

Ihre Intuition sagte ihr, dass sie das aufwendige Konzept, das sie extra für die heutige Stunde ausgearbeitet hatte, besser in der Schublade ließ und spontan agierte. Bereits vor der fehlgeschlagenen Therapiestunde von letzter Woche hatte sie sich vorgenommen, Tims Eltern zu beweisen, dass ihr Sohn bei richtiger Förderung und Unterstützung durchaus in seiner Schule und damit in seinem gewohnten Umfeld bleiben konnte. Doch wenn sie ehrlich war, dann war sie mit ihrem Latein allmählich am Ende. Zum ersten Mal in ihrem Leben war sie kurz davor aufzugeben.

Was hatte sie nicht alles schon mit Tim ausprobiert: Wahrnehmungsübungen, um ihm seine Gedanken und Gefühle besser bewusst zu machen, sensomotorische Übungen zur Verbesserung von Grob- und Feinmotorik, Beweglich- und Geschicklichkeitsspiele, Gestalttherapie, Maltherapie, Musiktherapie, spielerisches Lernen, mentale, Atem-, Meditations- und Konzentrationsübungen. Nichts davon hatte gefruchtet. Sie hatte sich um ein positives emotionales Verhältnis zu ihrem Patienten bemüht, ihm Erfolgserlebnisse verschafft, sein Selbstbewusstsein gestärkt, Blockaden gelöst, Handlungsmuster spielerisch zu durchbrechen versucht, ihm neue Lerntechniken an die Hand gegeben und ihn regelmäßig dabei unterstützt, Sinnesreize besser zu verarbeiten und seine Emotionen zu kanalisieren.

Auch mit Tims Eltern hatte sie versucht zu arbeiten und bei ihnen für mehr Verständnis für den Jungen zu werben. Sie hatte ihnen gesagt, dass ADHS-Kinder nicht nur feste Strukturen, Grenzen und Regeln brauchen, sondern auch Aufmerksamkeit, Lob, Belohnung und Bestätigung. Mit Ersteren war Herr Gärtner schnell dabei, mit Letzterem hingegen tat er sich sehr schwer. Das spürte Tim natürlich und versuchte durch immer drastischeres Verhalten den Fokus auf sich zu lenken. Dass der Schuss nur nach hinten losgehen konnte, vermochte der Junge nicht abzuschätzen. Entsprechend hoch war der Frust auf beiden Seiten. Sie hatte die beiden animiert, auf ihren Sohn zuzugehen und mit ihm offen zu reden, auch ihn mit seinen Sorgen und Nöten anzuhören. Darüber hinaus trauten die Gärtners Tim kaum etwas zu und übertrugen ihm für seine neun Jahre eindeutig zu wenig Verantwortung. Allen voran die Mutter wollte ihn ständig beschützen und vor allem bewahren. Aus Angst, dass etwas daneben- oder kaputtgehen könnte, untersagte sie ihm alles Mögliche oder nahm es ihm gleich ganz ab.

Das Hauptproblem waren nach wie vor Tims Gefühls- und die oft damit verbundenen Gewaltausbrüche, gegen die sie alle machtlos zu sein schienen. Der Neunjährige war nicht in der Lage, mit seinen Gefühlen anderen Menschen gegenüber angemessen umzugehen. Sie überforderten ihn, machten ihn unsicher und wütend. Seine Ausbrüche führten auf Seiten der Erwachsenen zu Strafmaßnahmen, während die Kinder mit Ausgrenzung reagierten oder ihm schlicht aus dem Weg gingen. Damit eckte Tim überall an, was nur zu neuem Frust und neuen Wutanfällen führte. Je unerwünschter er sich wiederum fühlte, desto unmöglicher und aufsässiger benahm er sich. Ein echter Teufelskreis, der durchbrochen werden musste. Der Junge brauchte dringend positive Erlebnisse, damit er Selbstbewusstsein entwickeln konnte und die Chance hatte, anders zu reagieren als nach dem etablierten Muster.

Heike hatte etliche Fachbücher gewälzt, auf der Suche nach irgendeinem Hinweis, der ihr eine zündende Idee liefern konnte. Vergeblich. Ihre ehemalige Chefin hatte ebenfalls keinen Rat gewusst, außer Geduld, Geduld und nochmals Geduld. Die Ergotherapeutin hätte den langen Atem gehabt, aber das Durchhaltevermögen der Gärtners war offenbar nur begrenzt. Nun hatten sie ihr die Pistole auf die Brust gesetzt.

Die Ergotherapeutin ärgerte sich selbst darüber, dass sie sich von Tims Vater derart Druck machen ließ, und konnte sich selbst nicht erklären, warum sie ihm nicht entschiedener entgegentrat. So wird das nichts, sinnierte Heike und überlegte, ob sie mit beiden ein letztes Mal das Gespräch suchen sollte. Nur was sollte sie ihnen Neues erzählen? Sie hatte alles gesagt, mehrfach sogar.

Gedankenverloren versetzte sie Tim einen neuen Schubs, der sich an der Stille gar nicht weiter zu stören schien. Heike warf einen Blick auf die Uhr. Seit exakt sechseinhalb Minuten schaukelte er nun schon vor sich hin, wobei er erstaunlich ruhig wirkte.

Sie hatte gerade eine zündende Idee, da kratzte es an der Tür, und ein zaghaftes »Miau« ertönte.

Die Ergotherapeutin war so überrascht, dass sie die Tür öffnete und Flo hereinflitzte. Mit aufgerecktem Schwanz schritt der Kater einmal den Raum ab und rieb sich an der Sprossenwand, dem Regal mit dem Therapiematerial, den Schreibtischfüßen und allen Stühlen. Nachdem er Tim in der Hängematte beäugt hatte, ohne dass der Junge, der mit geschlossen Augen schaukelte, ihn bemerkt hätte, nahm er sorgfältig Maß und sprang.

Heike hielt den Atem an, als der Kater auf Tims Bauch landete. Der Junge erschrak und riss die Augen auf, aber statt das Tier wie befürchtet in hohem Bogen aus der Hängematte zu befördern, starrte er es bloß an, als hätte er einen Alien vor sich. Kater Flo wirkte von seiner Spontanaktion ebenfalls ein wenig verdattert und tat daher erst mal gar nichts. Reglos stand er da und beäugte den Jungen.

Um die beiden aus ihrer Erstarrung zu reißen, sagte Heike: »Du darfst ihn ruhig anfassen, Tim.«

»Echt?«

Sie nickte. »Natürlich.

Langsam und vorsichtig streckte Tim die Hand aus und streichelte dem Kater über den Rücken. Sofort drückte Flo den Rücken durch und maunzte leise. Die Berührung schien ihm zu gefallen, denn er schmiegte den Kopf in Tims Hand und fing an zu treteln.

»Was macht er da?«, fragte Tim irritiert.

Lächelnd erwiderte die Ergotherapeutin: »Das bedeutet, er fühlt sich wohl bei dir. Hauptsächlich tun das Jungtiere, wenn sie von der Mutter Milch haben wollen, deshalb nennt man das auch Milchtritt.«

»Aha!« Tim guckte sie aus großen Augen an.

»Im Grunde ist es aber wie schnurren und soll ausdrücken, dass es ihm gerade gut geht.«

Der Junge schluckte. Dann fragte er zögerlich: »Heißt das etwa, er … mag mich?«

Heike nickte. »Es sieht zumindest ganz danach aus.« Wieder musste sie lächeln, als sie hinzufügte: »Na, wie fühlt sich das an?«

Tim überlegte kurz. »Komisch irgendwie. Und ab und zu tut es weh. Ich glaube, er fährt zwischendurch die Krallen aus. Ist das normal?«

»Ja, völlig normal«, erklärte Heike ihm.

Sie beschloss, die Gunst der Stunde und Tims ins Positive umgeschlagene Stimmung zu nutzen, und schlug ihm gleich eine neue Übung vor.

Prompt ließ Tim sich darauf ein und arbeitete, Seite an Seite mit Flo, der tatsächlich neben dem Jungen in der Hängematte sitzen blieb, bis zum Ende der Stunde hochkonzentriert und voller Elan mit. Zwischendurch erzählte er sogar von sich aus Geschichten aus der Schule, ohne dass sie ihm irgendwelche Informationen aus der Nase ziehen musste. Zum ersten Mal, seit sie den Neunjährigen kannte, hatte sie den Eindruck, dass er emotional aufmachte und sie länger als nur für wenige Augenblicke an ihn herankam.

Als Werner Gärtner seinen Sohn nach der Stunde abholte, bat Heike Tim, im Wartezimmer Platz zu nehmen, weil sie noch kurz mit seinem Vater reden wollte.

»Keine Sorge«, meinte sie, als ihr Patient sie daraufhin alarmiert ansah. »Ich denke, dein Papa sollte erfahren, was heute Schönes passiert ist, meinst du nicht?«

Der Junge nickte und schenkte ihr ein zaghaftes Grinsen, das ihr Herz höher schlagen ließ, ehe er gemeinsam mit Kater Flo den Behandlungsraum verließ.

Ich bin an ihm dran, endlich!, jubelte sie innerlich, das ist die Chance!

»Nun machen Sie es doch nicht so spannend? Was ist denn los?«, fragte Tims Vater leicht ungeduldig.

»Herr Gärtner«, begann die Ergotherapeutin begeistert. Es gelang ihr kaum, ihrer Stimme einen professionellen Klang zu geben, zu sehr hatte sie das Erlebnis von eben bewegt. Dann schilderte sie ihm in allen Einzelheiten, wie Flo Tim dazu gebracht hatte, sich zu öffnen und mitzuarbeiten.

Der Vater des Jungen warf ihr einen skeptischen Blick zu. »Sind Sie da nicht ein wenig zu euphorisch, gute Frau?«, fragte er.

Heike bemühte sich nach Kräften, Herrn Gärtner mit ihrer Begeisterung anzustecken und ihm die Zusage zu entlocken, dass sie bis zum Ende des Schuljahres mit Tim weiterarbeiten durfte. Sie schlug ihm vor, den Jungen erst nächsten Herbst in der Förderschule anzumelden, sofern ihre Bemühungen nicht zum gewünschten Erfolg führen würden.

»Geben Sie Ihrem Herzen einen Schubs und Ihrem Sohn die Chance. Ich bin sicher, er wird Sie nicht enttäuschen«, sagte sie abschließend.

»Ihr Wort in Gottes Ohr«, erwiderte Werner Gärtner nur und wandte sich zum Gehen. »Ich muss jetzt wirklich dringend los.«

»Darf ich das als ein Ja verstehen?«, fragte Heike.

Er zögerte. »Na gut, ich werde über die Feiertage noch mal in Ruhe darüber nachdenken«, war alles, was sie ihm entlocken konnte.

»Besser als nichts«, murmelte sie, nachdem er die Tür hinter sich zugezogen hatte, und machte sich ans Aufräumen.

Tim hatte sich im Wartezimmer sofort die Holzkiste mit den Geduldsspielen aus Holz und Metall geschnappt. Zum ersten Mal seit langem machte es ihm nichts aus, dass er allein war und warten musste. Normalerweise fing er dann immer an zu zappeln und steigerte sich in seinen Unmut hinein. Regungslos saß er im Schneidersitz auf dem Stuhl und versuchte die drei »Würfel von Caesar« zu entwirren, die mit einer Schnur an einem Brettchen mit einem Loch in der Mitte befestigt waren. Die meisten anderen Geschicklichkeitsspiele aus der Kiste hatte er binnen weniger Minuten gelöst, doch an diesem biss er sich schier die Zähne aus. Allerdings machte ihn das nicht wie sonst hilflos und wütend, sondern stachelte vielmehr seinen Ehrgeiz an.

Hundertprozentig auf die Knobelei konzentrieren konnte er sich jedoch nicht, denn seine Gedanken wanderten immer wieder in Richtung Behandlungsraum, wo die Erwachsenen gerade über seine Zukunft diskutierten. Was, wenn sein Vater sich nicht von der Ergotherapeutin umstimmen ließe? Heike hatte immer Verständnis für ihn gehabt, selbst in seinen schwierigsten Momenten, und das rechnete Tim ihr hoch an. Auch jetzt setzte sie sich unermüdlich für ihn ein und hatte seinen Vater um ein Gespräch gebeten, um ihm die Sache mit der Förderschule auszureden. Der Gedanke, an eine neue Schule zu müssen, wo er niemanden kannte, machte ihm Angst. Zwar hatte er unter seinen Mitschülern kaum Freunde, aber er wusste, woran er war. Er hatte keine Lust, sich in einer neuen Klasse zu behaupten und sich seinen Rang neu zu erkämpfen. Die anderen Kinder hatten Respekt vor ihm, und das war gut so.

Leichte Panik stieg in Tim auf, doch er schaffte es zu seiner eigenen Verwunderung, sich davon nicht gleich aus der Bahn bringen zu lassen. Er rutschte auf dem Stuhl nach hinten, bis die Lehne seinen Rücken stützte, und stellte beide Füße nebeneinander fest auf den Boden, genau wie Heike es ihm neulich beigebracht hatte. Sofort spürte der Junge, wie er ruhiger wurde und ihm sowohl die Stuhllehne als auch der feste Boden unter den Füßen Sicherheit gaben. Er war sogar ein bisschen stolz, dass er die Übung ganz alleine eingesetzt hatte und sie tatsächlich funktionierte. Es fühlte sich ganz schön gut an, wenn mal etwas klappte.

Dann nahm er sich wieder das Knobelspiel vor und versuchte, sich von dem unangenehmen Ziehen in der

Brust nicht beeinträchtigen oder nervös machen zu lassen. Die Ergotherapeutin hatte ihm vorhin in der Stunde erst erklärt, dass es oft nach einer Weile nachließ, wenn man es zwar spürte, sich aber nicht ausschließlich darauf konzentrierte. Nur krampfhaft versuchen, es zu ignorieren, sollte er nicht, weil es sich dadurch zumeist nur verstärkte. Er solle es stattdessen wahrnehmen und ohne Widerstand annehmen, hatte sie gesagt. Das klang ihm zwar ein bisschen zu abgehoben, aber er verstand, was sie meinte, und schon nach wenigen Versuchen hatte er tatsächlich eine gewisse Erleichterung verspürt, was ihn zum Weitermachen animiert hatte.

Tim hatte nach mehreren Fehlversuchen gerade mühsam eine Schlaufe vergrößert, um einen der Würfel hindurchzuschieben, da sprang ihm Heikes Kater wie aus dem Nichts auf den Schoß und maunzte ihn an.

Vor Schreck ließ der Junge das Spiel fallen. »He, was soll das?«, blaffte er Flo an und beugte sich vor, um es wieder aufzuheben. »Ich war kurz vor der Lösung, und jetzt kann ich noch mal von vorne anfangen.«

Dem Kater schien das egal zu sein. Er hob eine Vorderpfote und legte sie Tim auf den Arm, dabei miaute er noch einmal, diesmal lauter. Als der Junge, statt zu reagieren, wieder anfing, die Schnur durch das Loch in dem Brettchen zu schieben, bohrte er die Spitzen seiner Krallen leicht in die Haut und verstärkte den Druck.

»Sag mal!« Tim schob den Kater unsanft zur Seite,

der daraufhin auf den Boden sprang. »Du tust mir weh!«

Sichtlich aufgeregt lief Flo zur Eingangstür und sah sich dabei immer wieder nach ihm um. Als er nicht sofort mitkam, lief das Tier noch mal zurück, um ihn erneut anzumaunzen. Es strich ihm um die Beine, und sobald es sich seiner Aufmerksamkeit sicher war, rannte es zur Tür.

»Was hast du?« Er stand auf und folgte dem Kater. »Ist da draußen jemand?«

Flo miaute so lange, bis Tim ihm nachlief. Kaum hatte der Junge die Tür auch nur einen Spaltbreit geöffnet, flitzte der Kater hindurch und rannte die Treppe hinauf. Nach vier Stufen blieb er stehen und sah sich auffordernd um.

»Okay, ich komm ja schon mit.« Mit einem Blick in Richtung des Behandlungsraums, wo Heike und sein Vater sich offenbar immer noch unterhielten, schob er sich in den Hausflur.

Wider Erwarten lief Flo nicht in den ersten Stock zu Heikes Wohnung, sondern weiter nach oben, von wo ein seltsames Geräusch zu hören war. Tim setzte ihm nach bis in den dritten Stock. Dort lief der Kater schnurstracks auf jene Tür zu, hinter der das Geräusch ertönte, und rieb sich am Türstock. Dann trat er aufgeregt von einem Hinterbein aufs andere und machte einen Buckel, während er abwechselnd von Tim auf das braune Holz und wieder zurück sah und dabei laut miaute. Prompt antwortete auf der anderen Seite ebenfalls eine Katze. Flo stellte sich auf die Hinterbeine und kratzte mit den Vorderläufen an der Tür. Es klang genauso wie das Geräusch, das Tim bisher nicht hatte zuordnen können. Er beugte sich vor, um das Klingelschild zu lesen. »Scheuermann«, stand darauf, und er dachte nur: Oje, das ist doch der alte Spießer, der sich immer über mich beschwert.

»Egal«, murmelte er und drückte auf die Klingel. Einmal, zweimal, dreimal. Offenbar war der Rentner nicht zu Hause, nur warum schrie sich die Katze auf der anderen Seite der Tür die Seele aus dem Leib? Und wieso hatte Flo ihn hierhergeführt? Der Junge wurde nervös. Da stimmte etwas nicht, das spürte er genau. War womöglich etwas Schlimmes passiert? Was sollte er jetzt tun?

Ehe er die Gedanken und Fragen in seinem Kopf sortiert hatte, ertönte die Stimme seines Vaters aus dem Souterrain. »Tim, wo steckst du denn? Wir müssen fahren, ich habe noch einen Termin.«

»Bist du da oben?«, meldete sich nun auch Heike zu Wort. »Und ist Flo bei dir?«

Tim ging vor bis zum Treppengeländer und beugte sich darüber, um nach unten zu spähen. »Ja, wir sind hier. Bei Herrn Scheuermann stimmt was nicht. Kommt mal hoch.«

»Das geht jetzt nicht, Tim, wir müssen los. Ich bin ohnehin schon spät dran«, rief sein Vater nach oben und gab ihm ungehalten Handzeichen.

Inzwischen war Heike die Treppe nach oben gelaufen und kam auf Tim zu. Der Kater stürmte sofort zu ihr, um sich an ihren Beinen zu reiben. Miauend wies er ihr kurz darauf den Weg zur Tür, hinter der noch immer Shamila zu hören war.

»Da ist was passiert«, sagte Tim. »Flo und ich sind uns ganz sicher.«

Heike presste ein Ohr gegen das dunkle Holz, doch außer Shamila war nichts zu hören. Sie klingelte Sturm – nichts.

»Ich glaube, dass Herr Scheuermann zu Hause ist. Der kann nur bestimmt die Tür nicht aufmachen«, meldete Tim sich wieder zu Wort.

Er war sichtlich aufgeregt, wirkte aber nicht panisch oder aggressiv wie sonst, wenn er mit einer Situation nicht klarkam.

»Was redest du denn da, mein Junge?« Tims Vater tauchte am unteren Ende des Treppenabsatzes auf. »Du und die Katze seid ganz sicher … also wirklich! Für solche Mätzchen habe ich keine Zeit, komm jetzt.«

Als Tim herumfuhr und die Stirn runzelte, hielt Heike instinktiv die Luft an, da sie mit einem heftigen Wutausbruch des Jungen rechnete. Doch er blieb ungewohnt gelassen und sah seinem Vater direkt in die Augen.

»Nein, Papa«, sagte er mit fester Stimme. »Ich bleibe hier, bis klar ist, wo Herr Scheuermann ist. Ihm ist etwas passiert, das weiß ich. Und Flo weiß es auch, das ist keine Spinnerei. Du kannst ja ohne mich losfahren.«

Zu dritt einigten sie sich darauf, dass Tims Vater seine Frau informierte, damit sie den Jungen abholte und er solange bei Heike bleiben konnte. Das Mobiltelefon am Ohr, stürmte Werner Gärtner kurz darauf die Treppe nach unten, wobei er immer zwei Stufen auf einmal nahm. Sie hörten noch, wie er mit seiner Frau redete, dann war er auch schon verschwunden.

Noch einmal klingelte die Ergotherapeutin, dann klopfte sie an die Tür und rief: »Herr Scheuermann, können Sie mich hören?«

»Vielleicht kann er ja nicht sprechen?«, überlegte Tim laut und beobachtete Flo, der wie eine Sphinx auf der Fußmatte saß, während seine Schwanzspitze aufgeregt zuckte.

»Gut möglich. Mir fällt gerade ein, dass ich ihn heute beim Frühstück gar nicht draußen vor dem Fenster gesehen habe. Normalerweise schippt er jeden Morgen bei Wind und Wetter Punkt sieben Schnee oder kehrt die Straße. Man kann sogar die Uhr nach ihm stellen.« Die Ergotherapeutin überlegte kurz, dann rief sie: »Herr Scheuermann, falls Sie mich hören, machen Sie sich bitte irgendwie bemerkbar.«

Sie lauschten beide angestrengt, und zunächst war außer Shamilas kratzenden Pfoten nichts zu hören. Dann jedoch polterte es, als wäre in einem der Zimmer ein schwerer Gegenstand umgefallen.

»Ha, du hast recht!« Heike sah Tim an. »Er ist tatsächlich da. Vielleicht haben wir unten von Frau Burgmüller, der Vormieterin, noch einen Schlüssel für die Wohnung hier. Ich gehe mal eben runter und suche danach. Bleib du bitte hier, bis ich wiederkomme.«

»Mach ich.« Tim setzte eine wichtige Miene auf und bezog seinen Posten.

Nach ein paar Stufen drehte sich Heike noch einmal zu ihm um und sagte: »Weißt du was? Du bist ein echter kleiner Held. Ich bin ganz schön stolz auf dich.«

Tim wäre vor Glück fast geplatzt. Das war das Schönste, was je ein anderer Mensch zu ihm gesagt hatte.

9.

Als Cornelia Gärtner vor dem Haus von Tims Ergotherapeutin ankam, parkte ein Krankenwagen davor, auf dessen Dach das blaue Warnlicht noch immer leuchtete. Die Haustür stand sperrangelweit offen, und von drinnen waren mehrere Stimmen zu hören. Besorgt ging sie hinein und rief nach ihrem Sohn. Sie hatte vorhin nur die Hälfte von dem verstanden, was Werner ihr am Telefon erzählt hatte, weil die Verbindung so schlecht gewesen war, daher war sie recht besorgt und auf dem schnellsten Weg hergefahren. Sie hatte gerade Weihnachtsplätzchen gebacken und einfach alles stehen und liegen lassen. Nur den Ofen hatte sie ausgeschaltet und den Teig schnell in den Kühlschrank gestellt. Nicht mal die Schürze hatte sie ausgezogen, sie trug sie noch immer unter ihrem Wintermantel.

Bitte lass meinem Timmy nichts passiert sein, flehte sie stumm. Nachdem die Wutanfälle des Jungen in letzter so heftig wie nie zuvor gewesen waren, rechnete sie mit dem Schlimmsten. Hoffentlich hatte er die Ergotherapeutin nicht angegriffen. Obwohl, das hätte Werner ihr ganz sicher gesagt.

»Timmy!«, rief sie noch einmal, wobei sich ihre Stimme fast überschlug.

»Hier oben, Mama, im dritten Stock«, antwortete er.

Erleichtert erklomm sie die Stufen. Tim klang unversehrt, wenn auch ziemlich aufgeregt. Auf halber Strecke kam er ihr entgegen, mit glänzenden Augen, die Wangen leicht gerötet, die Haare verschwitzt, aber keine Spur von Wut oder Aggression. Im Schnelldurchlauf erzählte der Neunjährige ihr, was vorgefallen war und dass Heike Kepplers Lebensgefährte gerade dabei sei, die Tür aufzubrechen, weil sie irgendeinen Schlüssel nicht gefunden hatten.

Just als sie in der dritten Etage ankamen, ertönte ein lautes Knacken; der Kommissar hatte sich Zutritt zur Wohnung des Rentners verschafft. Hinter ihm, dem Notarzt, zwei Sanitätern und der Ergotherapeutin zog Tim seine Mutter in den Flur, in dem es leicht muffig roch. Dabei wären sie fast über Flo gestolpert, der im Galopp an ihnen vorbei zu Shamila in die Küche rannte, wo sie völlig verschüchtert unterm Esstisch in einer Ecke saß. Die Helfer warfen einen Blick in alle Räume, bis sie im Wohnzimmer fündig wurden.

Als Cornelia Gärtner eintrat, hatte der Notarzt sich bereits über den mitten im Raum am Boden liegenden Herrn Scheuermann gebeugt, der eine kleine Platzwunde an der Schläfe hatte. Die Wunde war nicht mehr ganz frisch, das Blut war bereits getrocknet und hatte eine Kruste gebildet. Der alte Herr war käsebleich, zitterte am ganzen Leib und stöhnte leise. Immer wieder versuchte er sich aufzurichten und stammelte unverständliche Wortfetzen, doch der Arzt drückte ihn sanft auf den Boden und bat ihn, ruhig liegen zu bleiben.

Bei seinem Anblick zog sie ihren Sohn sofort zurück, aber der machte sich los und lief zum Sofa, um ein Kissen zu holen. Er reichte es Heike Keppler, die es an einen der Sanitäter weitergab, damit er es dem Verletzten unter den Kopf schob.

»Vermutlich ein Schwächeanfall«, sagte der Arzt. »Er ist dehydriert und leicht desorientiert, aber zum Glück bei Bewusstsein. Ich werde ihm jetzt eine Infusion geben und ihn mit in die Klinik nehmen, damit wir ihn durchchecken können. Reine Vorsichtsmaßnahme, nicht dass es doch ein Schlaganfall ist.«

Tims Therapeutin, die das Geschehen mit besorgtem Blick verfolgte, meinte nur: »Hoffentlich liegt er nicht schon seit gestern Abend hier.«

»Und falls doch, ist es leider nicht mehr zu ändern.« Der Arzt warf ihr ein aufmunterndes Lächeln zu. »Wissen Sie, ob der Herr Angehörige hat, und könnten Sie diese bitte informieren? Wir fahren ihn ins Städtische Krankenhaus. Ab sechzehn Uhr ist Besuchszeit, dann kann ihm jemand ein paar Sachen vorbeibringen. Vermutlich wird es ein, zwei Tage dauern, bis alle Untersuchungen abgeschlossen sind.«

»Ich weiß von einer Schwester, von der ich allerdings weder den Namen noch eine Nummer weiß. Aber ich kann versuchen, sie herauszubekommen«, sagte Heike Keppler und war schon auf dem Weg zur Tür.

»Jemand muss sich um Shamila kümmern«, wandte Tim ein.

»Da hast du recht«, sagte der Lebensgefährte von Frau Keppler. »Ich will gleich mal nachsehen, wo sie und Flo stecken. Wir werden sie mit zu uns nach unten nehmen, die beiden Tiere verstehen sich zum Glück ja gut.« Während er redete, wanderte sein Blick zu Herrn Scheuermann, der seine Worte jedoch nicht wahrzunehmen schien.

Die Sanitäter hievten den Rentner auf die Krankenliege und transportierten ihn ab, während der Notarzt noch seinen Koffer packte.

Cornelia Gärtner wollte ihren Ohren kaum trauen, als der Mediziner sich an ihren Sohn wandte und ihn in den höchsten Tönen lobte.

»Ohne deine Hilfe wäre der alte Herr vermutlich gestorben«, sagte er mit anerkennendem Blick. »Das hast du richtig gut gemacht, du kannst stolz auf dich sein.«

Tim schien glatt ein paar Zentimeter zu wachsen, so sehr freuten ihn die Worte des Arztes. Dennoch winkte er ab. »Ach, das war gar nicht ich, sondern Flo. Wenn der mich nicht hier raufgeführt hätte …«

Mit einem breiten Lächeln strich sie ihrem Jungen übers Haar, woraufhin er ihr verlegen auswich. »Nun mal nicht so bescheiden, Timmy. Das war toll!«

Bis zu dieser Minute hatte sie sich in der Wohnung des älteren Herrn reichlich unwohl gefühlt, immerhin wusste sie von Frau Keppler, dass er sich mehrfach über Tim beschwert hatte und der Ergotherapeutin auch sonst das Leben nicht leicht machte. Es war ihr unangenehm gewesen, den finsteren, schlecht riechenden Flur überhaupt zu betreten, und am liebsten hätte sie sofort auf dem Absatz kehrtgemacht. Das alles machte ihr nun nichts mehr aus, stattdessen breitete sich eine wohlige Wärme in ihr aus, und sie war erfüllt vom Stolz auf ihr Kind.

Hinter dem Arzt, ihrem Sohn, den beiden Katzen und Olaf Miguth, der vorsichtig die Tür zuzog, verließ sie die Wohnung. Dem Schloss war nicht anzusehen, dass es geknackt worden war, so geschickt war der Kommissar vorgegangen. Tim trug die noch immer völlig verstörte Katze des Rentners auf dem Arm, weshalb Kater Flo ihm nicht von der Seite wich. Mit einem liebevollen Blick beobachtete Cornelia Gärtner, wie behutsam der sonst so ungestüme Junge mit dem Tier umging. Er redete leise auf die Katze ein und kraulte sie vorsichtig am Kinn, ehe er sie vorsichtig vor der Wohnungstür der Ergotherapeutin absetzte.

Sie hatten sich gerade von dem Arzt und Olaf Miguth verabschiedet, da öffnete Heike Keppler die Tür und bat sie, noch einmal kurz hereinzukommen. Die beiden Frauen gingen ins Wohnzimmer, während Tim dem Lebensgefährten der Ergotherapeutin in die Küche folgte, um die beiden Katzen zu füttern.

»Na, was sagen Sie zu Ihrem Sohn?«, fragte die Therapeutin.

Cornelia Gärtner war leicht verunsichert, da sie nicht wusste, was nun auf sie zukam. Aus ihrem Stolz machte sie aber keinen Hehl.

In knappen Sätzen berichtete Frau Keppler ihr von ihrem Gespräch mit Werner, den sie nicht endgültig davon hatte überzeugen können, dem Neunjährigen noch mal eine Chance zu geben.

»Es wäre wirklich sehr wichtig, wenn Sie über die Feiertage noch mal mit Ihrem Mann in Ruhe reden könnten«, sagte sie abschließend. »Er hat heute extrem gestresst gewirkt. Vielleicht finden Sie über Weihachten ja ein bisschen Zeit füreinander … und für Ihren Sohn.«

Cornelia Gärtner nahm der sympathischen Frau die versteckte Kritik nicht weiter übel. Sie hat ja recht, schoss es ihr durch den Kopf, wir nehmen uns viel zu wenig Zeit füreinander. »Ja, bei uns muss eben alles immer möglichst reibungslos funktionieren. Mein Mann hat da eine recht niedrige Toleranzgrenze …« Sie zögerte, ehe sie ergänzte: »Er ist nun mal extrem eingespannt in seinem Job und kann mit privaten Problemen einfach nicht umgehen.«

»Wer kann das schon?«, erwiderte Heike mit einem Lächeln. »Trotzdem ist es sinnvoller, sie anzugehen und zu lösen, statt sie einfach nur wegzuschieben.«

Tims Mutter musste an das Gespräch mit Werner denken, als er gesagt hatte, er bezahle Frau Keppler schließlich dafür, dass sie seine Probleme löse. Sie lachte bitter. »Wem sagen Sie das?«

»Vielleicht schaffen Sie es ja sogar, sich zu dritt zusammenzusetzen und gemeinsam ein paar Regeln aufzustellen. Tim sollte dabei auch seine Wünsche äußern dürfen. Erinnern Sie sich noch? Wir hatten zu Beginn von Tims Therapie schon einmal über diese Punkte gesprochen.«

Sie nickte. »Das will ich gerne versuchen«, erwiderte sie zuversichtlich. Dann erzählte sie der Ergotherapeutin von ihrem Entschluss, sich ihrem Mann entgegenzustellen und es notfalls auch mit Tim alleine zu versuchen.

Heike Keppler äußerte sich nicht näher dazu, sondern nahm nur ihre Hand und sagte: »Egal, wie Sie sich entscheiden, Sie schaffen das. Ich weiß es.«

Die Zuversicht der Ergotherapeutin war ansteckend. Als Cornelia Gärtner wenige Minuten später mit Tim vor dem Haus auf die Straße trat, blickte sie in den weißgrauen Himmel, der Schneefall verhieß. Die Sache wird gut enden, dachte sie und ging zum Wagen.

Als es an Heiligabend klingelte, stand Heike im Wohnzimmer auf dem Küchenstuhl und rückte die Christbaumspitze zurecht. Wie jedes Jahr hatte der silberne Trichter mit den zwei Kugeln auch diesmal einen leichten Linksdrall. Völlig in ihre Arbeit versunken, schmückte sie die Nordmanntanne, die Olaf am Morgen besorgt und aufgestellt hatte.

Dieses Jahr blieben die meisten der mundgeblasenen Glaskugeln mit den silbernen Sternen im Innern in ihren Kartons, da sich die Ergotherapeutin spontan umentschieden hatte. Die Faltenrockengel aus dem Erzgebirge mit den weißen Gewändern und den blauen Flügeln hatte sie vor zwei Tagen erst gekauft, nachdem ihre Freundin Julia ihr einen schwebenden Engel mit Posaune als Mutmacher fürs neue Jahr geschenkt hatte. Heike war von den handbemalten Holzfiguren spontan so begeistert gewesen, dass sie sich gleich das halbe Orchester zugelegt hatte. Man sah den Figuren regelrecht an, mit wie viel Liebe zum Detail sie entstanden waren.

Nun baumelten etliche Engel mit den verschiedensten Instrumenten in den Zweigen, wobei die winzigen goldenen Sterne auf ihren Köpfen im Schein der Lichterkette leuchteten. Olaf hatte sie vorhin eingeschaltet, um sicherzugehen, dass kein Lämpchen kaputt war. Der Baum war wunderschön gleichmäßig gewachsen, reichte fast bis zur Decke, und die Nadeln erfüllten den ganzen Raum mit ihrem Duft. Im Radio lief »Driving Home for Christmas« von Chris Rea, und sie sang lautstark den Refrain mit.

Als die Klingel erneut langanhaltend schrillte, hielt sie inne, warf einen Blick auf die Uhr. Es war Viertel nach zwei. Flo reckte sich auf dem Kaminsims und gähnte, wobei er ihr einen vorwurfsvollen Blick zuwarf, als wollte er ihr sagen: Na los, mach schon auf, ehe mir bei dem Gebimmel das Trommelfell platzt. Mit einem Sprung landete Heike auf dem Dielenboden und stürmte durch den Flur. Just als sie am Badezimmer vorbeikam, streckte Olaf tropfnass den Kopf heraus.

»He«, sagte sie, blieb kurz stehen und drückte ihm einen Kuss auf die gerötete Wange. »Was ist das? Weihnachten reloaded? Wieso stehst du hier im Bad und nicht draußen vor der Tür? Um die Uhrzeit an Heiligabend zu klingeln, ist schließlich dein Part.«

Damit spielte sie auf vergangenes Jahr an, als er mit Flo vor ihrer Tür gestanden und sie mit herzerweichend zittriger Stimme gefragt hatte, ob die beiden mit ihr Weihnachten feiern dürften. Heike hatte Mann und

Kater damals die Tür nicht vor der Nase zugeschlagen und ihnen so auch den Weg in ihr Herz gezeigt. Olaf und Flo hatten die Chance gleichermaßen genutzt und ihr Herz im Sturm erobert, der Kater noch direkter und unverblümter als sein Besitzer.

»Ab unter die Dusche mit dir«, scheuchte sie ihn mit einer Handbewegung zurück ins Badezimmer, die Türklinke schon in der Hand.

Als sie öffnete, sah sie sich einem riesigen Blumenstrauß aus lila Lilien und weißen Rosen gegenüber. Den Überbringer konnte sie zunächst gar nicht erkennen. Sind die von Olaf?, überlegte sie kurz, da beides ihre Lieblingsblumen waren. Dann beugte sie sich nach links und erkannte, dass sich Herr Scheuermann dahinter verbarg. Er war ziemlich blass um die Nase, und sie erschrak bei seinem Anblick. Die Ringe unter den Augen und die eingefallenen Wangen zeugten von den Strapazen der letzten Tage. Ehe Heike auch nur ein Wort sagen konnte, hatte der ältere Herr ihr die Blumen in die Hand gedrückt.

»Danke für alles«, murmelte er, ohne ihr in die Augen zu sehen, und wandte sich gleich wieder zum Gehen.

Die Ergotherapeutin war so verdattert, dass sie bloß dastand wie angewachsen und auf die intensiv duftende Blütenpracht starrte. »Woher wissen Sie …?«, stammelte sie nur und fügte dann hinzu: »Warum?« Einen vollständigen Satz brachte sie jedenfalls nicht heraus.

Herr Scheuermann drehte sich noch einmal um und

verzog die Lippen zu einem kaum sichtbaren Lächeln. »Bitte verzeihen Sie, ich habe Ihren Lebensgefährten gefragt, was Ihnen gefällt.« Er atmete mehrmals tief durch, als müsste er erst Mut fassen, danach fügte er hinzu: »Und vergessen Sie das mit der Anzeige. Die werde ich selbstverständlich nicht erstatten. Der Junge, auf den ich immer … geschimpft habe, hat mir … das Leben … gerettet, und …« Er stockte und räusperte sich. »Ich möchte mich bei ihm bedanken, genauso wie bei Ihnen. Könnten Sie ihm das bitte ausrichten?

»Sehr gerne«, sagte Heike, und eine Gänsehaut überzog ihre Unterarme vor Rührung.

»Das alles tut mir schrecklich leid«, fuhr Herr Scheuermann fort. »Ich bin ein alter Sturkopf, der offenbar einen Wink des Schicksals gebraucht hat.«

»Sagen Sie so was nicht!« Heikes Wut auf ihren Nachbarn war schon seit jenem Tag verraucht, als sie ihn hilflos auf dem Wohnzimmerboden vorgefunden hatte. In diesem Moment rührte sie seine Geste einfach nur. Ohne groß darüber nachzudenken, ging sie auf ihn zu und umarmte ihn.

Mit verlegener Miene klopfte er ihr auf die Schulter. »Nicht doch, mein Mädchen.«

Heike zögerte kurz, weil sie die Einladung eigentlich nicht ohne Olafs Zustimmung aussprechen wollte, aber dann sagte sie aus einer spontanen Regung heraus: »Bei uns gibt es heute Abend Ente. Wollen Sie nicht nachher um sieben zu uns herunterkommen und mitessen? Der Vogel reicht locker für drei … und für die Katzen fallen sicher auch noch ein paar Happen ab.«

»Meinen Sie wirklich?«, fragte er ungewohnt schüchtern.

»Na klar!« Heike nickte bekräftigend. »Und bringen Sie Shamila ruhig mit. Unser Kater freut sich.«

Ein Strahlen überzog Herrn Scheuermanns Gesicht, das immer breiter wurde. Er freute sich aufrichtig, das war ihm überdeutlich anzusehen, auch wenn er seine Gefühle nicht in Worte fassen konnte. »Danke«, murmelte er nur, und als er die Treppe hinaufging, wirkten seine Schritte fast beschwingt.

Heike schloss die Tür und machte sich auf die Suche nach Olaf, den sie im Schlafzimmer entdeckte, wo er auf einem Bein hüpfte und in seine Socken zu schlüpfen versuchte.

»Liebster, ich muss dir etwas beichten«, begann sie und erzählte ihm dann von der Spontaneinladung.

Olaf zog zwar die Augenbrauen hoch, aber er trug es mit Fassung. Er war gewiss kein großer Anhänger des griesgrämigen Nachbarn, doch erstens war Weihnachten, und zweitens konnte er ihr sowieso keinen Wunsch abschlagen.

Er nahm sie in den Arm und drückte ihr einen Kuss auf den Scheitel. »Solange er mir nicht die besten Stücke von der Ente wegisst, soll es mir recht sein«, sagte er grinsend.

»Wie jetzt?«, neckte Heike ihn. »Die besten Stücke bekommt doch Flo … oder irre ich mich da?« Sie verpasste ihm einen liebevollen Nasenstüber. »Na ja, vielleicht können wir dieses Jahr eine Ausnahme machen. Ich werde unseren Herrn Kater mal fragen, okay?«

»Okay!«

Nach einem Blick auf die Uhr fragte Heike: »Meinst du, ich kann um die Zeit noch bei Gärtners anrufen und mal eben kurz mit Tim sprechen?« Sie erzählte ihm von Herrn Scheuermanns Bitte.

Olaf bestärkte sie, und so machte sie sich auf die Suche nach dem Telefon, von dem sie wieder mal nicht wusste, wo es sich befand, während er solange die Füllung für die Ente vorbereitete. Nachdem die Ergotherapeutin zweimal durch alle Räume gelaufen war, nahm sie ihr Handy und rief ihre eigene Festnetznummer an. Die Methode hatte schließlich noch immer funktioniert. Prompt klingelte es im Wohnzimmer unter einem der Sofakissen. Als sie darauf zustürzte, wäre sie fast mit ihrem Freund zusammengestoßen, der ebenfalls angerannt kam.

Entschuldigend hielt sie ihm ihr Mobiltelefon entgegen und sagte nur: »Suchaktion.«

Ohne ein Wort wendete er sich ab und verschwand mit einem Kopfschütteln wieder in der Küche.

Zwanzig Minuten später saß Heike immer noch auf dem Sofa und telefonierte mit Cornelia Gärtner, von »mal eben kurz« konnte keine Rede sein. Tims Mutter war so erleichtert über den Wandel ihres Sohnes, dass sie der Ergotherapeutin in aller Ausführlichkeit von den Ereignissen der letzten Tage berichtete. Seit der Rettung von Herrn Scheuermann war es nicht zu einer unschönen Situation im Hause Gärtner gekommen. Selbst ihr Mann kam zurzeit bestens mit Tim aus.

»Ich bin überglücklich, Frau Keppler«, sagte Frau Gärtner nun schon zum vierten oder fünften Mal völlig euphorisch. »Jetzt steht einem harmonischen Weihnachtsfest garantiert nichts im Wege.«

Heike strahlte unwillkürlich übers ganze Gesicht. »Das freut mich wirklich, vor allem für Ihren Sohn. Apropos Tim. Wo ist er denn? Kann ich ihn vielleicht mal sprechen?«

»Natürlich!« Nachdem die gut gelaunte Mutter sich wortreich für ihren Redeschwall entschuldigt hatte, gab sie endlich den Hörer an ihren Sohn weiter.

Tim war ungewöhnlich gesprächig und erzählte der Ergotherapeutin begeistert von einem Rodelausflug, den er am gestrigen Tag mit seinem Vater gemacht hatte. »So'n richtiges Vater-Sohn-Ding, weißt du? Hat echt Spaß gemacht«, schwärmte er und berichtete voller Stolz: »Wir sind den Berg ganz schön runtergesaust, und einmal habe ich meinen Papa sogar abgehängt.«

Er hätte Heike keine größere Freude und damit kein schöneres Weihnachtsgeschenk machen können. Endlich nahm Herr Gärtner sich mal Zeit für seinen Sohn und schuf so die Möglichkeit für schöne gemeinsame Erlebnisse. Jetzt müssen nur noch die Eltern durchhalten und ihn nicht wegschicken, dachte sie. Das wäre genau das falsche Signal für den Jungen. Sie hoffte, dass Werner Gärtner seine hohen Ansprüche an seinen Sohn etwas zurückschraubte und ihnen beiden die Chance gab, wieder so etwas wie eine Beziehung zueinander aufzubauen.

Es würde auch künftig schwierige Momente und Auseinandersetzungen geben, in denen der noch junge Familienfrieden auf eine harte Probe gestellt werden würde. Doch sie hoffte, dass die Gärtners nicht gleich aufgaben, sobald es wieder schwierig wurde. Tim war auf dem richtigen Weg, er hatte es verdient, dass seine Eltern ihn unterstützten. Schlimm wäre nur, wenn sie jetzt dachten, der Junge wäre geheilt, und davon ausgingen, dass die Konflikte mit ihm ausgestanden waren. Tim war auf dem besten Weg zu lernen, wie er seine Emotionen besser kanalisieren konnte. Nichtdestotrotz wartete auf alle Beteiligten nach wie vor ein hartes Stück Arbeit.

»Das klingt ja super!«, erwiderte sie. Dann erzählte sie ihm von Herrn Scheuermanns Besuch und richtete die Grüße sowie den Dank aus. Nachdem sie geendet hatte, herrschte erst einmal Schweigen. »Na, hat es dir die Sprache verschlagen?«, hakte sie nach.

»Echt jetzt?« Tims Stimme klang ungläubig. »Cool. Das hätte ich dem alten Spießer gar nicht zugetraut.«

»Ich ehrlich gesagt auch nicht«, sagte sie und fügte hinzu: »Vielleicht können wir ja mal kurz bei ihm klingeln, wenn du im Januar wieder zu mir kommst. Was meinst du?«

»Yo man«, lautete die Antwort.

Sie verabschiedeten sich, und Heike wollte schon auflegen, da räusperte sich Tim und sagte: »Übrigens, ich darf auf meiner Schule bleiben.«

Ihr Herz machte einen Freudensprung. »Großartig,

das ist doch mal ein tolles Weihnachtsgeschenk!«, rief sie völlig aus dem Häuschen.

Tim war da wohl anderer Meinung. »Schon, aber ich hoffe trotzdem, dass ich das BMX-Rad bekomme, das ich mir so sehr wünsche«, erwiderte er nachdenklich.

»Ganz bestimmt!«, versuchte sie seine Zweifel zu zerstreuen. »Ich drücke dir jedenfalls die Daumen. Und im neuen Jahr sehen wir uns wieder. Ich freu mich schon auf dich. Und Flo auch.«

Beschwingt legte sie auf und machte sich wieder an die Arbeit.

Epilog

Dicht an Shamila gedrängt, lag Flo in dem Pappkarton, aus dem Heike vor ungefähr zweieinhalb Stunden ein Paar unförmige Schuhe aus Plastik herausgeholt hatte, die einen schweren Begeisterungssturm in ihr ausgelöst hatten. Juchzend war sie ihrem Freund um den Hals gefallen und hatte etwas von »Fahrradschuhe« und »viel zu teuer« gefaselt. Sogleich war sie hineingeschlüpft und wie auf rohen Eiern im Wohnzimmer auf und ab gegangen. Wegen der glänzenden Metallvierecke, die an beiden Sohlen klebten, konnte sie gar nicht richtig darin laufen, trotzdem hatte sie gestrahlt, als hätte Olaf ihr eine doppelte Portion Seelachs mit Weizenkleie vorgesetzt. Na ja, jedenfalls wollte Flo beim besten Willen nichts anderes einfallen, das in ihm einen ähnlichen Zustand höchster freudiger Erregung entfacht hätte.

Olaf und Herr Scheuermann hatten sich lange nicht so sehr über ihre Geschenke gefreut. Kater Flo fand das nicht weiter verwunderlich. Zum einen neigten laut seiner langjährigen Erfahrung die männlichen Zweibeiner deutlich seltener zu überschwänglichen Gefühlsausbrüchen als die weiblichen. Zum anderen hatten die Sachen nicht in annähernd so schönen Kartons gesteckt wie Heikes neue Treter.

Versteh einer diese Zweibeiner, dachte er sich, während er langsam wegdämmerte, freuen sich über nach Kunstleder stinkende Schuhe mit Löchern an den Seiten. Diese komischen Dinger haben ja nicht mal Schnürsenkel, in die man sich verbeißen kann!

Die Styroporkügelchen auf dem Boden des Kartons piksten ihn leicht in den Bauch, und zu zweit war es wirklich ein klitzekleines bisschen eng darin, aber wenn es um seine bevorzugte Katzendame ging, konnte es Kater Flo eigentlich nicht eng genug sein.

Endlich hatte sie eingesehen, dass er ein echter Katzenheld und damit wie für sie geschaffen war – es hatte wahrlich lange genug gedauert.

Dass sein neuer Kumpel Tim ihm bei dem Unterfangen beigestanden und die Erwachsenen informiert hatte, würde er dem Jungen nie vergessen. Damit hatte er mal wieder das richtige Näschen bewiesen, als er sich entschlossen hatte, den ersten Schritt zu tun und auf den Jungen zuzugehen, obwohl er ihm unheimlich gewesen war. Herr Scheuermann hatte ihn ebenfalls unverhofft tatkräftig unterstützt, indem er in Ohnmacht gefallen war und Flo überhaupt erst die Möglichkeit gegeben hatte, sich von seiner besten Seite zu zeigen. Ehrlich gesagt hatte der Kater dem alten Mann eine derartige Kooperationsfähigkeit gar nicht zugetraut. Er war eben ein echter Teamplayer, der gute Opa Scheuermann.

Zum Glück bin ich nicht so nachtragend wie die Zweibeiner, dachte Flo, sonst wäre der alte Mann jetzt mausetot. Na ja, wenn er ehrlich war, hatte er es hauptsächlich wegen Shamila getan, aber danach fragte nun, nach der erfolgreichen Rettung, niemand mehr.

Den anstrengenden Part des heutigen Abends hatte Flo jedenfalls bereits hinter sich gebracht, nun folgte der angenehme Teil.

Zunächst hatte der Kater sich wie jedes Jahr den Magen mit Ente vollgeschlagen und sich danach auf das knisternde Geschenkpapier gestürzt, um es in einen respektablen Berg aus winzigen Papierfetzen zu verwandeln. Ja, nicht nur Menschen haben eine Vorliebe für Traditionen, erst recht an Weihnachten. Kreuz und quer war er durch den Haufen gestürmt, weshalb es im Wohnzimmer nun aussah, als hätte es Konfetti geschneit. Flo hatte sich bei der Aktion ziemlich verausgabt, schließlich galt es eine Katzendame zu beeindrucken und ihr zu zeigen, wozu er sonst noch fähig war.

Die hatte für seine etablierte Lieblingsbeschäftigung am Heiligen Abend allerdings nicht ganz das gewünschte Interesse gezeigt, sondern sich lieber im Weihnachtsbaumbezwingen geübt. Flo hätte ihr gleich sagen können, dass die Kletterübung in die Hose gehen musste, aber ihn hatte ja keiner gefragt. Der Baum samt Shamila war jedenfalls in eine bedenkliche Schräglage geraten, und es war allein Olafs Reaktionsschnelligkeit zu verdanken, dass beide nach wie vor unversehrt waren. Heike hatte sich den Bauch gehalten vor Lachen, statt zu schimpfen, und damit Herrn Scheuermanns Standpauke im Keim erstickt, während Shamila für die nächste halbe Stunde beschämt hinter dem Sofa Zuflucht gesucht hatte. Katzen lassen sich nun mal nicht gerne auslachen. Auch nicht von sonst echt netten Ergotherapeutinnen.

Dann holte Olaf eine weitere grüne Flasche aus der Küche, um sie wie schon die erste mit einem ohrenbetäubend lauten Knall zu öffnen. Diesmal zuckte Flo nur kurz mit dem linken Ohr, ohne den Kopf zu heben. Schließlich wusste er, was als Nächstes kam, und das wollte er sich ganz sicher kein zweites Mal antun. Gewisse Erfahrungen brauchte er wahrlich nur einmal in seinem Katzenleben.

Beim ersten Knall war er noch vor Schreck zusammengezuckt, aber dann war die Neugier größer gewesen als die Angst, und er hatte sich doch interessiert genähert. Immerhin hatte sein Lieblingsmensch mehrfach betont, was für einen guten Tropfen er da aus Frankreich mitgebracht hatte. Maunzend hatte Flo ebenfalls um eine Möglichkeit zur Inspektion des gelben Blubberwassers gebeten. Etwas derart Besonderes wollte der Kater sich unter keinen Umständen entgehen lassen, er war schließlich ein echter Gourmet.

Als Olaf angefangen hatte, von Feinheit, Rasse und Eleganz zu reden, hatte Flo erst gedacht, es gehe um ihn. Die aufsteigenden Bläschen hatten so aufregend und spannend ausgesehen, sich jedoch als totaler Flop entpuppt. Sie prickelten derart unangenehm in der Nase, dass man glatt einen mittelschweren bis schweren Niesanfall bekam. Igitt! Jedenfalls hatte Flo seine neugierige Schnauze nur ein einziges Mal in das Glas gesteckt, das Heike ihm so freundlich hingehalten hatte.

So viel Abenteuer macht bekanntlich müde, daher freute Kater Flo sich nun auf ein wohlverdientes Nickerchen, schließlich brauchen Katzen, vor allem die älteren Exemplare, ausreichend Ruhepausen. Im Gegensatz zu gewissen Menschen, mit denen er sich ein Revier teilte, nahm Flo sich seine Pausen einfach. Zwar hatte er als Kater noch nie in seinem Leben etwas von Work-Life-Balance gehört, aber er schien einen eingebauten Regler zu haben, der ganz automatisch für Ausgewogenheit sorgte. Vielleicht ist der Regler bei Heike ja kaputt?, überlegte er. Oder sie hat gar keinen? Die Ärmste!

Ein letztes Mal spähte er zu seiner Mitbewohnerin hinüber, die an Olaf gelehnt auf dem Sofa saß und Herrn Scheuermann lustige Anekdoten über ihre Patienten erzählte. Sie war nicht mehr so blass um die Nase wie neulich, und ihre Laune hatte sich auch gebessert. Sie mochte vielleicht keinen eingebauten Regler haben, der sie warnte, wenn sie sich mal wieder zu viel zumutete, aber sie hatte Olaf, der auf sie aufpasste. Und natürlich ihn, Flo, der im Zweifelsfall die Dinge in die Pfote nahm …

Zufrieden steckte Kater Flo die Nase in Shamilas Fell und schloss mit einem seligen Seufzer die Augen.

Was für ein Weihnachten!